人生を変える7つの物語

神様に一番近い動物

水野敬也

文響社

神様に一番近い動物

人生を変える7つの物語

人は生きるために、
食べ物よりも
物語を必要とすることがある。

——バリー・H・ロペス

目次

三匹の子ぶたなう

痩《や》せ細った一匹のオオカミが、ブタたちの住む場所にやってきました。三匹のブタたちはそれぞれ、ワラで作られた家、木で作られた家、レンガで作られた家の中に住んでいました。

その家を眺《なが》めながら、オオカミは大きな口からよだれを垂《た》らして言いました。

「おお、いるいる。やっとご馳走《ちそう》にありつけるぞ」

オオカミは空腹のあまり、ブタたちの住む家に引き寄せられるように歩き始めましたが、足を止めてつぶやきました。

「いかんいかん……何をバカなことをしているんだ俺は」

そしてオオカミはポケットの中から一冊の本を取り出しました。

その本の表紙には、

三匹の
子ぶた
Three little pigs.

『三匹の子ぶた』


と書かれてありました。オオカミはその本をめくりながらうなずきました。

「……ふむふむ……やっぱりそうだ。このバカなオオカミは、三匹目の子ブタが作ったレンガの家で返り討《う》ちにあったんだな」

オオカミはニヤリと笑って言いました。

「『最も強い者が生き残るのではない。唯一生き残るのは、変化した者だ』byチャールズ・ダーウィン」

そしてオオカミは、ブタの住む家に向かってゆっくりと歩き出しました。

＊

オオカミが最初に向かったのは、木の家でした。そしてオオカミは、レンガの家を背にするようにして立ちました。

「レンガの家への逃げ道をふさぎ、木の家のブタをワラの家に追い込んで二匹のブタを確実に仕留める。我ながら完璧な計画だ。ブハハハハア！」

オオカミは自分の考えにひとしきり酔いしれたあと、大きく息を吸い込み、木の家に向かってブハーッと吹きつけました。すると、簡単な作りをしていた木の家は、あっさり吹き飛んでしまいました。

「ハリケーン？　ハリケーンが来たのですか？」

中にいたブタは目を丸くしましたが、オオカミの姿を見ると「キャー！」と悲鳴をあげました。そして、「頑丈《がんじょう》なレンガの家にかくまってもらうしかない！」と思いましたが、レンガの家に向かう道の真ん中にはオオカミが立ちはだかっています。そこで木の家のブタは、仕方なくワラの家に助けを求めて走っていきました。

そのブタの後ろ姿を見ながら、オオカミは満足そうに笑っていました。

＊

「おーい！　大変だぁ！」

木の家のブタはワラの家に逃げ込んで叫びました。

「おいおい、どうしたのさ」

ワラの家に住むブタは、ちょうど紅茶を入れているところでした。木の家のブタは息も絶え絶えに言いました。

「オオカミのやつが来たんだよ！」

「オオカミだって？」

ワラの家のブタは鼻で笑って言いました。

「何を言ってるんだ君は。オオカミはもう100年もこの村に来ていないんだぞ。そもそもオオカミは絶滅したって話じゃないか」

しかし逃げてきたブタは、両手を必死に動かしながら言いました。

「でも本当なんだ、本当にオオカミが来たんだよ！　そして僕の木の家を吹き飛ばしたんだ！」

ワラの家のブタは話が本当であることを悟ると、持っていた紅茶のカップを手から落としました。紅茶のカップは地面に当たると砕け散り、紅茶が床を濡らしていきました。それからワラの家のブタは、

「ウッ……ウッ……」

と泣き始めました。

「泣いてる場合じゃないよ！　早くなんとかしないと食べられちゃうよ！」

木の家のブタは焦《あせ》って言いましたが、ワラの家のブタは、肩を震わせて泣き続けたのでした。

＊

「さあ、それではご馳走にありつくとするか」

フンフンと鼻歌を歌いながら、オオカミがワラの家にやってきました。しかしオオカミは、家の前まで来ると思わず驚きの声をあげました。

「なんじゃこりゃ……」

ワラの家の前には、こんな垂れ幕がかかっていたのです。


WELCOME!　オオカミ!

しかし、オオカミを驚かせたのは垂れ幕だけではありませんでした。まるでパーティでも開かれるかのように華やかな装飾がなされ、おいしそうに焼かれたブタのイラストが描かれた看板まで立てかけられてあったのです。

オオカミは大笑いして言いました。

「もう逃げるのはあきらめたってわけか？　だとしたら殺す手間が省けたってことだ」

オオカミは上機嫌でワラの家の中に入っていきました。


「ほほう」

ワラの家の中では、オオカミが大好きなハードロックのBGMがかけられていました。壁にはシートン動物記の『オオカミ王ロボ』のイラストが飾られています。そして部屋の奥には――これこそがオオカミを驚かせたのですが――ワラの家のブタが、自らの体を木の棒に縛《しば》りつけ、宙吊《ちゅうづ》りになっていたのです。そしてブタの体には塩とコショウ、バターなどが塗られていました。

これにはさすがのオオカミも面食らい、

「おいおい、これは何の真似だ？」

不審そうにブタにたずねました。するとブタは答えました。

「オオカミさん、あなたが私の行動を不思議に思うのも無理はありません。しかし、誤解を恐れずにズバリ言いましょう。これは――愛です」

「愛、だと？」

「そうです、オオカミさん。私たちブタは、いつもあなたに食べられるのを逃れようとしてきました。しかしほとんどの場合、あなたに捕まって食べられてしまいます。それは、もしかしたら、もったいないことなのではないかと気づいたのです」

「お前、何を言っているかさっぱり分からないぞ」

「確かに、いつも獲物を捕《と》らえる側のあなたには分からないかもしれませんね。でも食べられる側の私はこう考えたのです。逃げてもどうせ食べられるなら、せめておいしく食べてもらうべきなのではないだろうかと」

「しかし……」

オオカミは言いました。

「それはお前の本心か？　他の誰かのために自らの身を差し出すというおとぎ話は聞いたことがあるが、実際にはそんな獲物はこれまで一匹も見なかったからな」

「確かに、私のような考えは前衛《ぜんえい》的とされ、ブタ界に浸透しているとは言い難い状況です。しかし、オオカミさん、私の足を見てください」

オオカミは言われたとおり、ブタの足を見ました。ブタの足は、爪の先まで真っ黒に染まっていました。そのことに気づいたオオカミの顔には、みるみるうちに驚きが広がっていきました。

「お前、まさか――」

WOLF

「そうです。私には、イベリコ豚の血が流れているのです」

オオカミはよだれを垂らしながら言いました。

「イ、イベリコ豚って、あ、あのスペインでしか獲れないといわれるイベリコ豚か？　焼いて良し、蒸して良し、生ハムにして良しの、あのイベリコ豚なのか!?」

「はい」

「焼いて良し、蒸して良し、生ハムにして良しの!?」

「はい」

「とんかつにして良し、豚しゃぶにして良し、酢豚にして良し、豚汁にして良しの!?」

「……オオカミさん、いったん落ち着きましょう」

「あ、ああ……すまない」

オオカミは、あまりの興奮に完全に我を忘れていました。

ブタは微笑んで言いました。

「これで納得してもらえたのではないでしょうか？　私は食べられるために生まれてきた動物です。だとすれば、そのまま食べられるのではなく、できるだけおいしく調理された状態で食べられたいのです。それこそが、持って生まれた才能を生かすということだと私は考えています」

「なるほどな」

オオカミはうんうんと何度もうなずきました。

「深い。お前のような深い考えのブタは初めてだ。お前はブタ界の革命児だよ」

オオカミはとにかく早くイベリコ豚を食べたかったので、形だけでも分かったフリをしたのでした。

「では早速、食事に移らせてもらおうかな」

「はい。たんと召し上がってください」

オオカミは喜んで前に進もうとしたのですが、ふと立ち止まりました。

「どうされました?」

ブタはオオカミにたずねました。そのときブタの額に塗られたバターが垂れ、ぽたりと床に落ちました。オオカミは、疑うような目をブタに向けてたずねました。

「そういえば、もう一匹のブタはどこへ行ったんだ?」

一瞬、ブタの表情が固まり、その場は静寂に包まれました。

「それは……」

ブタはとっさに言いました。

「キムチを買いに行きました」

「キムチだと?」

ブタは、オオカミに優しく微笑みかけて言いました。

「とんかつも豚しゃぶもいいですが、やはり豚といえば――豚キムチでしょう？」

オオカミは「なるほど！」とうなずいて言いました。

「『豚といえば、豚キムチ』――この言葉は、かの偉大なるチャールズ・ダーウィンの名言を超えて、永久に語り継がれることになるだろう」

それからオオカミは、

「いただきまーす！」

口からよだれを溢《あふ》れさせながら、ブタに向かって走っていきました。

しかし、ブタにかぶりつこうとした瞬間、

「うわっ！」

吊られたブタの手前の床が抜け落ち、オオカミは地中に吸い込まれていったのです。さらに、その穴の奥にはどろっとした液体が置いてあり、オオカミが動けば動こうとするほど体に絡《から》みついてきました。オオカミは、体についた液体を見て言いました。

「おい、これは何だ？　まさかこれは――食前酒？」

ちょうどそこへ、姿が見えなくなっていた木の家のブタが戻ってきました。そして、吊られたブタの縄を急いでほどきました。

縄をほどかれて自由になったワラの家のブタは、落とし穴に落ちないように床に降り、足についた黒色のインクを拭き取りました。ワラの家のブタは、イベリコ豚に変装していた、ただのブタでした。

「例のものは持ってきたかい？」

ワラの家のブタにたずねられ、

「う、うん」

木の家のブタは、背負っていた荷物を下ろしました。それは、オオカミに吹き飛ばされて崩れてしまった、木の家に使われていた木材でした。

「これじゃあまだまだ足りないな」

そしてワラの家のブタは、もっと多くの木材を持ってくるよう指示しました。

それからワラの家のブタは、オオカミのいる落とし穴の底に木材を投げ入れていきました。

「ちょっと待て！　これは何の真似《まね》だ？　お前は何をしてるんだ!?」

ブタは構わずどんどん木を投げ入れていきます。

状況を次第に理解し始めたオオカミは、青ざめた顔で叫びました。

「おい！　愛はどうなったんだ！　愛は！」

すると、ブタはぽつりと言いました。

「もし僕を君に食べさせてしまったら――僕の、自分に対する愛が無くなってしまうじゃないか」

そして、ワラの家のブタは、オオカミのいる穴の中に十分な量の木をしきつめました。

それから木の家のブタを連れて外に出ると、自分の家を壊し始めました。

「おい、何をしてるんだ君は！」

木の家のブタに止められましたが、ワラの家のブタは構わず家を壊していきました。

そしてついには、ワラの家は崩壊し、そこは、ただ大量のワラが積み上げられただけの状態になりました。

そのことを確認したワラの家のブタは、マッチを取り出して火をつけました。するとワラの家は物凄い勢いで燃え始め、その火は落とし穴の中にある木へと燃え移っていきました。

それからしばらくすると、オオカミの悲鳴が聞こえ始めました。

その様子を呆然と見つめていた木の家のブタは、ワラの家のブタに向かって言いました。

「一つ聞いてもいいかい？」

ワラの家のブタは、静かにうなずきました。

「僕がこの家に来たとき君は泣いていたよね。あれは……」

ワラの家のブタは、燃え上がる自分の家を見つめていました。その両目には、煌々《こうこう》と燃え盛《さか》る火が映っていました。

「僕は、オオカミが怖くて泣いてたんじゃない。感動していたんだ」

ワラの家のブタがそう言ったとき、どこからかたくさんのブタが集まってきました。

彼らは首からカメラを提《さ》げ、手にはメモ帳を持っていました。

「なんだ？　なんだ？」

木の家のブタが慌《あわ》てふためいていると、ワラの家のブタは落ち着いた声で言いました。

「彼らは、僕が呼んだ報道陣さ」

「ほ、報道陣!?」

木の家のブタは驚きましたが、その理由を聞く前に、報道のブタたちがワラの家のブタを取り囲み、一斉にシャッターを切り始めました。

「オオカミをやっつけたという話は本当なんですか？」

「どうしてこんなことをしようと思ったんですか？」

ワラの家のブタは、巨大なキャンプファイヤーのように燃える家を背に、報道陣の前でゆっくりと語り始めました。

「私の祖父のそのまた祖父は――このワラの家を初めて作ったブタでした。それ以来、私たち一家は『ワラで家を作るなんて、なんて浅はかなブタなんだ』『ブタの風上にも置けないブタだ』『このブタ野郎が！』。そうやって、一世紀以上もの間バカにされ続けてきました。しかし、今、ワラの家でも――いや、ワラの家だからこそ、こうしてオオカミを倒せることが証明できたのです」

ワラの家のブタの目には、涙が浮かんでいました。

「確かに、私たちの祖先が家を作るために使用したワラは軽い素材です。オオカミが一吹きすれば、簡単に吹き飛んでしまいます。しかし、同時に、ワラは、燃やすのに最も適した素材であり――」

ワラの家のブタは、燃え盛る家を指差して言いました。

「オオカミを速やかに焼き殺すには、着火剤としてのワラが大いに役に立つのです！」

ワラの家のブタは続けました。

「そして、みなさん、私たちの敵はオオカミだけではありません。失業率の上昇、天然資源の枯渇《こかつ》、政治不信……現在の私たちは様々な形のオオカミに襲われています。しかしこの状況を前にして、レンガの家を作るように、オオカミにおびえながら身の守りを固め、家の中に閉じ込もっていていいのでしょうか？　確かにオオカミは、私たちを食べようとする脅威かもしれません。しかしオオカミに立ち向かう姿勢こそが、私たちを鍛え、成長させ、新たな未来を切り拓《ひら》いてくれるのです！」

そして、ワラの家のブタは拳を握りしめて言いました。

「これまで、『三匹の子ぶた』は、『コツコツ努力することの大事さ』を説く物語であり、レンガの家を成功の象徴としてきました。しかし、今、この瞬間をもって、『三匹の子ぶた』は『逆境に立ち向かうことの大事さ』を伝える物語であり、『ワラの家』を成功の象徴とする内容にバージョン

アップすることを提案します！」

そして、ワラの家のブタは拳《こぶし》を天に向かって突き上げました。その手には、しっかりとワラが握られていました。

すると、ワラの家のブタを取り囲んでいた報道のブタたち、そして木の家のブタが一斉に拍手をしました。いつしか周囲では
「ワーラ！　ワーラ！　ワーラ！　ワーラ！」

ワラコールの大合唱が起きていました。


「ん？　なんだありゃ？　お祭りか？」

ワラの家から少し離れたところに、真っ赤なオープンカーが停まりました。運転席のブタは、サングラスの奥の目を、燃えているワラの家に向けました。すると、助手席のメスブタが甘えた声で言いました。

「ねえ、あんなのどうだっていいじゃない。それより早く見せて、あなたのレ・ン・ガの家♥」

「お安い御用さ」

そう言って、レンガの家のブタはアクセルを踏み込みました。

――レンガの家のブタが没落《ぼつらく》し、ワラの家のブタに取って代わられるのは、それからまもなくのことでした。

お金持ちのすすめ

女性が席についていて一緒に飲んでくれるお店に来たのはかなり久しぶりのことで、私は気分よく酔っぱらっていた。

私は、隣に座っている若い女の子に向かって言った。

「そうか、本当に知らないんだ……じゃあ今から見せてあげるから覚えておくといい」

そして私は財布から一万円札を抜き取ると、印刷された福沢諭吉の目の部分に折り目をつけ、机の上に置いた。

「ほら、こうするとね、笑ってるように見えるだろう?」

すると女の子は

「わー!　本当だ!　おもしろーい!」

10000

と手を叩いて喜んだ。

(最近の若い子はこんなのも知らないんだな)

私は、ほのかな優越感に浸《ひた》りながらグラスに口をつけた。しかし、女の子の次の言葉にビールを吹き出しそうになった。

「ねえ、この諭吉ちょうだい!」

きっと青ざめた顔をしているだろう私に向かって、女の子はおどけながら言った。

「冗談冗談。この諭吉、カワイイから言ってみただけ」

そのときだった。私の頭に、ふとこんな考えがよぎったのだ。

(ここでさらっと「あげるよ」と言えない私は、甲斐性《かいしょう》の無い男なのではないか?)

しかし、すぐにその言葉を頭の中で打ち消した。

(だが、ここで一万円札を渡してしまったら今月の生活はどうなるんだ? ただでさえ夏のボーナスがカットされたんだぞ。この店だって、呼び込みの男が「飲み放題で5000円ポッキリですよ!」なんて言うから入ったのに、こんな形で出費してしまったら何の意味もないじゃないか!)

しかし——私には彼女に気に入られたいという下心があったのだろう——気づいたときには、こんなことを口走っていた。

「そ、その諭吉、あげるよ」

「本当に!?」

「ああ。取っておきなさい」

そして私は、余裕の表情を作りながらグラスを口に運んだ。グラスを持つ手が微《かす》かに震えているのが、自分でも分かった。

女の子は、笑顔の諭吉を両手で持って言った。

「これ、加藤さんだと思って大事にするね！」

＊

ピンポーン――。

インターホンの音で、私は目を覚ました。

（ここは……どこだ？）

起き上がろうとすると、頭がズキズキと痛む。まるで、頭の中をハンマーで殴られているかのようだ。窓から漏れる月明かりを頼りにあたりを見渡すと、単身赴任《ふにん》で一人暮らしをしている自分の部屋だと分かった。

（こんな風になるまで飲むなんて、学生以来だな……）

そんなことをのんきに考えていると、インターホンが再び鳴らされた。しかも、今度は尋常《じんじょう》じゃないほど連打されている。

ピンポーン、ピンポーン、ピンポンピンポンピンポンピンポンピンポンピン……

時計を見ると、深夜の三時を回っていた。

（誰だよ、こんな時間に……）

立ち上がろうとしたが、足がふらついてうまく立つことができない。壁づたいにゆっくりと進みながら、なんとか玄関までたどりついた。

依然としてインターホンは連打されている。怖くなってきた私は、扉にチェーンをかけ、ゆっくりと開きながら外をのぞこうとした。

その瞬間だった。

数センチしかない扉の隙間《すきま》を縫《ぬ》って、すーっと何かが部屋の中に入ってきたのだった。

「ひっ！」

驚いた私は、その場に尻もちをついた。そしてすぐさま「ぎゃっ！」と叫び声をあげた。

私の膝の上に、ペラッペラの小さな人間が立っていたのだ。いや、それを人間と呼ぶのはおかしいかもしれない。

私の目の前にいたのは、一万円札の福沢諭吉だったのだ。

1000

――ちなみに一万円札の諭吉は、折り目を入れて下から見ると笑っているように見えるが、逆に上から見下ろすと、眉間《みけん》にしわが寄り、口はへの字に曲がり、怒っているように見える。

そして私の目の前にいたのは、猛烈に、眉間にしわを寄せている諭吉だった。

さらに驚いたことに、その諭吉は口を開いてしゃべり出したのだった。

＊

「で？　どうするつもりなの？」

「どうするつもり……とおっしゃいますと？」

「いやいやいやいやいや」

諭吉はあきれるような、嘲笑するような表情で言った。

「あのねぇ、あんた自分が何したか分かってんの？　私たちお札《さつ》はね、ピン札って言葉があるくらい、いつもピーンとしてたい存在なのよ。それが顔に折り目入れられるって、これ、人間にたとえるなら、全裸でホノルルマラソン走らされるくらいの恥ずかしさだからね。あんたできるの？　灼《しゃく》熱の太陽の下、42.195キロのフルマラソン、フリチンで完走できるの？」

「それはちょっと……」

「できないだろ？　できないんだろ？」

そして諭吉は、眉間のしわをさらに深くして言った。

「だったら、最初からふざけた真似するんじゃないよぉ！」

そして諭吉は、お札から外に伸ばした手でちゃぶ台を叩いた。ちゃぶ台は、
ペチッ
と小さな音を立てた。

私は、ハンカチで額の汗を拭《ふ》きながら
（これは、幻だ。私は酒に酔いすぎて、幻覚を見ているだけなんだ……）

そう自分に言い聞かせていた。しかし、目の前の諭吉は信じがたいほどに、はっきりとした存在として感じられた。

諭吉の説教は続いた。

「それだけじゃないよ」

「え……？」

「私が言ってんのは、この顔の折り目だけじゃないってこと。……心当たりあるだろ？」

「いや……」

「ちょっとちょっと、冗談でしょ？」

「いや、本当に……分からないです」

するとと諭吉は、わざとらしく大きなため息をついて言った。


「……まずいよ。これ、私が描いてた中でも最悪のシナリオだよ。いや、私もね、ここに来るまでは『できれば穏便《おんびん》に済ませたい』なんて思ってたよ。思ってたけど、もう無理。これ戦争だわ。だって、もう私だけの問題じゃないもの。あんた、一万円札全体のメンツ丸つぶしにしたわけだから」

そして諭吉は、さらに顔を近づけてきて言った。

「あんた、もう、一生一万円札拝《おが》めないかもね」

「ええ!?」

突然の言葉に私は驚きの声をあげたが、諭吉は当然だといわんばかりの顔で続けた。

「私、広めるからね。加藤って男は、一万円札に礼儀を尽くさない最低の男だって」

そして諭吉はいやらしく笑った。

「お金って怖いよー。そういう噂すぐ広まるからね。これからお札はあんたのとこ来てもすぐ逃げ出しちゃうから。毎朝、起きたら財布の中身全部無くなってるからね」

「そ、それは困ります」

すると諭吉は、怒りの形相で言った。

「じゃあ言えよ！　あんた何した？　昨晩、あの店で私に何したんだよ！」

私は、なんとか記憶をたぐり寄せようとした。確か……酔っぱらって女の子に……。

「お、思い出しました」

私は、着ていたシャツで額の汗をぬぐいながら言った。

「あなたを、女の子にあげてしまいました」

すると諭吉は、ふうと息を吐いて言った。

「……『ガムかよ』って思ったよ」

「はい？」

「あんたが『あげる』って言ったとき、私、自分のこと『ガムかよ』って思ったから」

「す、すみませんでした」

「ちなみに、あの女、すぐ使ったからね」

「え……？」

「『加藤さんだと思って大事にするね！』って言っておきながら、あの後、速攻《そっこう》で『ウコンの力』買ったからね。だから、私はあの女の財布からここに来てるんじゃないんだ。ナチュラルローソンのレジ経由で来てんだよ」

私は諭吉の話を聞いて、酔った勢いとはいえバカなことをしたものだと心底後悔した。

「じゃあ……」

諭吉は、おもむろに右手を差し出すと言った。

「通帳と印鑑」

「はい？」

「何度も言わせんじゃないよ。預金通帳と印鑑出して」

「それは……なぜですか？」

「当たり前じゃないの。あんたみたいなお金を大事にしないゴミ野郎に私の兄弟預けとけないでしょう。私が全員引き取るから」

「いや、それは困ります。勘弁してください」

そう言いながら、私は身体中から脂汗が噴《ふ》き出るのを感じた。自分がどうしてこんな窮地に立たされているのか、さっぱり理解できなかった。

しかし、こうなってしまった以上私にできるのは、目の前の諭吉に許しを請《こ》うことだけだった。

「聞いてください、あのとき、私はお酒に……」

「おっと」

諭吉は手を広げて私の言葉を止めた。

「私が一番嫌いなのは言いわけだからね。もしあんたが今からくだらない言いわけでもしようものなら、日本中の一万円札敵に回すことになるからね。その覚悟してから言いな」

「そ、そんな……」

「で？　あのとき、何なの？」

身体の震えが止まらなかった。しかし、私はとにかくしゃべり続けた。

「普段は……」

唾《つば》を喉に詰まらせながら言った。

「普段はこんなこと無いんです。でも今日は、久しぶりにああいうお店に行って、女の子からお酒をすすめられて……それで最近ボーナスをカットされてむしゃくしゃしてて……」

しかし、ここで諭吉に変化が起きた。諭吉は「ちょっと待って」と私の言葉を止めて言った。

「今、なんて言った？」

私は、自分の言葉を思い出しながら復唱した。

「ボーナスをカットされて」

「ううん。そこじゃない、その前。その前なんて言ったっけ？」

「お酒をすすめられて」

「うん。それ。もう一度言って」

「お酒をすすめられて」

「『お酒』取ろうか。『お酒を』の後だけ言ってみようか」

「すすめられて」

　すると諭吉は
「そっかぁ、すすめられたかぁ」

　突然、機嫌を直して満足そうにうなずいた。

（なんだこれは？　一体どうしたんだ？）

　思いもよらない変化に戸惑うしかなかった。

　しかし、目の前の諭吉は、「すすめられたかぁ。すすめられちゃったかぁ」と何度もその言葉を繰り返している。

　さらに諭吉は、

「す・す・め、られたのね。君、す・す・め、られちゃったのね」

　と、妙に「すすめ」という言葉を強調してきた。

（そ、そうか！）

　このとき私は、完全に行き詰まったと思われたこの状況に、一筋の光を発見したのだった。

「私、『すすめ』られると弱いんです」

　すると諭吉も「そうなんだぁ」と満足そうに答えた。その様子を見て私は確信した。

（間違いない、これだ！）

そして、私はハキハキとした口調で答えた。

「私は、今勤めている会社も大学の先輩にすすめられて入りましたし、部屋の置時計もテレビの通販番組ですすめられて買いました。しかし何といっても忘れられないのは――勉強嫌いのこの私が、学生時代に『学問のすすめ』を読んで、本当の意味での学問を始めようとしたことでしょう」

その瞬間、ずっと眉間にしわを寄せていた諭吉の顔に、満面の笑みが浮かんだのだ。

「え？　何？　今の聞こえなかったんだけど、もう一回言ってもらえる？」

私は言った。

「『学問のすすめ』を読んで、学問を始めようとしたことです」

「またまたぁ」

諭吉はふやけた顔のまま言った。

「みんなそれ言うのよ。私の前だとみんなそれ言うの。でも、本当なのぉ？　それ？」

「本当です」

ちなみに、私は『学問のすすめ』なんて1ページも読んだことがなかった。しかし、なんとか辻《つじ》褄《つま》を合わせるべく話を続けた。

「『学問のすすめ』は、本当に素晴らしい本でした。ただ、少し内容が難しすぎて、私には理解できない部分もありましたが……」

するとと諭吉は間髪入れず言った。

「うん。それ理解できる。君が理解できない部分があったっていうことが理解できる。私としてもね、全体のトーンとしては、シンプルな文章をこころがけたんだけどね、ところどころ『あえて』難しい箇所を残したんだよね。なぜだか分かる？」

「それは……」

「うん、答えなくていいから。無学な君に答えられるはずもないから。あのね、学問でも仕事でも恋愛でも何でもそうだと思うんだけど、つらい思いしてやっとのことで手に入れたものって、その人にとっての宝物になるわけじゃない。そういう効果を意識して作ったの、あの本は」

「な、なるほど」

わざとらしくうなずきながら、私は言った。

「今の言葉――メモしてもよろしいですか？」

「どんどんメモっちゃってよ。……あれれ？　今、ひょっとしてこの部屋――リアル慶應義塾になっちゃってる？」

「うわぁ……諭吉先生の教えを直接聞けるなんて普通じゃあり得ないですよね！」

「うん、あり得ない。君は、あり得ないぞ」

あり得ない、あり得ないと言いながら、諭吉のテンションがとめどなく上昇しているのが分かった。諭吉は上機嫌のまま続けた。

「加藤くんね、君と最初会ったときは相当なダメ人間だと思ってたけど、なかなかどうして、結構話せるクチじゃないの。うん。今日は気分が良いわ。何が良いって気分が良い。もう何でも教えるから聞いちゃって。諭吉先生に直《じか》に聞いちゃってよ！」

いざ「何でも聞いて」と言われるとなかなか言葉が出てこなかったが、気分を良くした諭吉の気持ちをここで冷ますわけにはいかなかった。

「あのぅ……」

「何？」

「こんなことを諭吉先生に聞くのは、筋違いなのかもしれませんが」

「加藤くん、遠慮はやめて。ここは、学び舎《や》です。学問に聖域はありません」

「ではおうかがいします。私が聞きたいのは、その……『お金』のことなんです」

「ほう」

「先ほど先生は、私が先生のお顔を折り曲げてしまったことに対して『お金の身になったことあるか？』ということをきつくおっしゃったのですが、あのとき、私は目が覚めるような思いをしたのです。こんなに身近な存在であるはずのお金に関して、これまで私には深く考える機会がなかったことに気づかされたのです」

「だよね。だから安月給の下流サラリーマンやってるわけだ」

諭吉の言い方にカチンときたが、「お、おっしゃるとおりです」とうなずいた。

すると諭吉は、部屋をぐるりと見渡して言った。

「単身赴任の部屋っていっても、もうちょっとマシなとこ借りれるでしょ」

「で、ですよね」

「オートロックもないしね」

「はい」

「ユニットバスだし」

（我慢だ、ここは我慢だ）

私は何度も自分に言い聞かせながら、諭吉の言葉を受け流した。

諭吉は、私の仮住まいを一とおりバカにした後得意げに言った。

「じゃあ君が聞きたいのは、どうしたらお金を自分の所に集められるのか、そういうことなのね？」

「先生のおっしゃるとおりです」

「でもねぇ。私も今はお金やってるけど、基本的にはそういう世俗の欲望から離れた、高尚な学問を志してきた部分があるわけで」

「しかし先生ほどのお方ならば、お金に関する疑問などはサラリと答えられるのではと思いまして」

「まあ、そういうことになるのかな」

「ここは一つ、よろしくお願いします」

私は丁寧に頭を下げた。すると諭吉は「ま、いいでしょ」と姿勢を正して語り出した。

「じゃあ今からね、お金に関して大事なこと教えるからね。加藤くん、ちょっと私のこと捕《つか》まえてみてよ」

「捕まえる？」

「そう。だって君、お金が欲しいんでしょう？　だったら私のこと捕まえてみなよ。もし捕まえられたら、私、君のものになってもいいよ」

「ほ、本当ですか？」

「ああ、本当だとも」

これは意外な展開になってきた。ここで一万円札を取り戻せたらあの飲み屋での失敗が帳消しになる。私は両手を構え、素早く手を伸ばして諭吉を捕まえようとした。

しかし、諭吉はひらりと身をかわして私の手を逃れた。

（あれ？　あれれ？）

私は何度も何度も手を出して掴《つか》もうとするのだが、しかし諭吉は、むしろ私がムキになればなるほど、その風圧を利用して移動しているかのように、ふわり、ふわりと手から離れてしまうのだった。

「分かった？　君がお金持ちになれない理由」

私は息を切らしながら言った。

「いや、まったくもって分からないのですが……」

すると諭吉は「え？　分からない？」と不満そうな顔をして「じゃあ凡人の君にも分かるように整理するしかないか……」とつぶやいた。そしてしばらく考えた後、私にたずねた。

「今、君は何のために仕事をしているのかね？」

（突然、何の話だ？）と戸惑いつつ、私は思ったままを口にした。

「それは……お金をもらうためです」

すると諭吉はフフンと鼻で笑った。まるで自分の予想していた答えが返ってきたといわんばかりだ。でも、私の答えのどこがおかしいというのだろう。世の中の人はみんなお金をもらうために仕事をしてるじゃないか。

諭吉は続けた。

「君は、お金をもらうために仕事をすると言ったが、そのもらったお金で何をするんだい？」

「それは、ご飯を食べたり、家賃を払ったり……」

「だろうね。つまり、君は『自分の欲求を満たすために働いている』ということだね」

「ええ。そのとおりです」

「つまり、もし何もしないでお金がもらえたら、君は働かないと？」

「もちろんです。もし働かずに生きていけるくらいのお金があったら、仕事なんてしてませんよ。誰だってそうでしょう？」

　すると、諭吉はうなずいて言った。

「今、君の言った言葉の中に、君がお金持ちになれない理由の全てが詰まっているよ」

　諭吉の言葉に私は動揺しながらたずねた。

「ど、どういうことですか？」

「いや、単純な話さ。そもそも仕事とは他人のためになることをして、その対価としてお金をもらうことだろ？　つまり『仕事』＝『他人の欲求を満たすこと』だ。それなのに君はもらうお金のこと――つまり、自分の欲求を満たすことばかりを考えている。そんな人間が、他人の欲求を満たすために創意工夫したり、努力したりすることができるかね？」

　そして諭吉は言った。

「だから、君は先ほど私を捕まえることができなかったのだ。お金が欲しくてお金を追いかけ回すような人から、お金は逃げていくものだからね」

　そして、諭吉は得意げな表情を浮かべた。口にはしていないものの「今、自分はうまいこと話をまとめた」と思っているのがありありと伝わってきた。

しかし、私は諭吉の言葉を聞いているうちに、どんどん気持ちが沈んでいった。

私は、自分の思いを諭吉に向かって吐き出した。

「……だとしたら、私には無理かもしれません」

諭吉は意外そうな顔をして言った。

「どうして？」

「それは……」

そう言いながら、私はこの地域へ営業職として異動してきてからの日々を思い出していた。

私の新しい上司は、毎日のように私に言い続けた。

「お前はお客さんの気持ちが全然分かっていない。もっとお客さんが喜ぶことをしろ」

しかし、私が精いっぱい頑張っても文句を言うお客さんがいる。見下したような態度の取引先もいる。異動する前はデスクワークが多かった私には、なおさら今の仕事はストレスに感じていた。

もしかしたら、この諭吉は私の生活を変えてくれるかもしれない――心のどこかでそんな期待をしながら、諭吉の話に耳を傾けてきた。しかし彼が言っていることは、私の上司とほとんど変わらないように思えたのだ。

深く肩を落とした私に向かって、諭吉はつぶやくように言った。

「人を喜ばせるのは、そんなにつらいことかね？」

私は力なくうなずいた。

「ええ、つらいです。人は……なかなか喜んではくれませんから」

すると諭吉は、自分の顔についた折り目に手を当てて、ゆっくりと元に戻していった。しばらくすると、そこには、笑顔でも怒っているでもなく、いつもの、威厳のある諭吉の顔が現れた。

諭吉は言った。

「君は、どうして私の顔に折り目をつけたのだったかね？」

「それは……」

私は、財布から一万円札を取り出したときの自分を思い出した。私はあのとき——。

諭吉は言った。

「君は、あの女の子を喜ばせようとして、私の顔に折り目をつけたのではなかったかね？」

「でも、それとこれとは……」

「違わないよ」

諭吉は、視線をまっすぐ私に向けた。

10000

国立印

「確かに人を喜ばせるのは簡単なことじゃない。そして、会社は『人を喜ばせる』ことを君に強要する。それゆえ、仕事は時につらく、苦しいものになるだろう。しかし、だからといって、君の持っている本来の心を曇《くも》らせてしまってはいけないよ。君の中にある、『他人を喜ばせたい』という純粋な心を」

「他人を喜ばせたいという純粋な心……」

「そうだ」

そして、諭吉は言った。

「加藤くん——今、君は仕事が楽しくないかもしれない。しかし、忘れてはならない。君は仕事を楽しみたい人間なのだ。加藤くん——今、君は人を喜ばせるのに疲れているかもしれない。しかし、忘れてはならない。君は、できることなら人を楽しませ、喜ばせ、笑顔にしたいという気持ちを持った人間なのだ」

それから諭吉は私の肩に、そっと手を置いた。

「その気持ちを大事にしなさい。そして、その気持ちを少しずつ大きくしていきなさい。そうすれば、いつか必ず仕事を楽しめる日がやって来る。もし、今の仕事を楽しめなかったとしても、『人を喜ばせたい』という気持ちを育てていけば、いつか必ず楽しい仕事に就《つ》ける日がやって来る。そしてそのとき、君の周りには、私と私のたくさんの兄弟たちが集まって来ているはずだ」

そこまで言うと、諭吉は気まり悪そうに言った。

「いかんいかん。私は君を叱《しか》り飛ばしに来たはずなのに……」

そして諭吉は、部屋の置時計に顔を向けた。

「もうそろそろ、おいとまするとしよう。早く戻らないと、ローソンのレジ締《し》めの計算が合わなくなってしまうからね」

そして諭吉は、ふわふわと漂《ただよ》いながら玄関の方に向かっていった。

「あ、あのう……」

私は諭吉の背中に向かって言葉を投げかけた。

「私でも……私でも、いつか、お金に愛される人間になれるのでしょうか？」

諭吉は、こちらに振り向いて言った。

「なれるとも」

そして、諭吉は言った。

「だって君は私に質問したじゃないか。『お金のことを教えてください』と」

私は戸惑いながらたずねた。

「それが、私がお金に愛されることと何の関係があるのですか？」

すると、諭吉はゆっくりと顔を上げ、遠くを見るようにして言った。

「『天は人の上に人を造らず、人の下に人を造らず』。この言葉は広く伝わっているようだが、その後に続く言葉はあまり知られていないようだね。むしろそれ以降が大事だというのに……」

そして、諭吉は『学問のすすめ』の言葉をそらんじた。

「『されども今広くこの人間世界を見渡すに、貧しきもあり、富めるもあり、貴人もあり、下人もありて、その有様、雲と泥との相違あるに似たるは何ぞや』——天は人を平等に作ったはずなのに、この世の中には貧しい者と豊かな者がいる。しかもそこには雲泥《うんでい》の差がある。どうしてこんな差ができるのだろうか？」

「それは、どうしてなのですか？」

私が質問すると、諭吉は、顔に折り目があったころの、満面の笑みを浮かべて言った。

「『学ぶと学ばざるとによって、できるものなり』」

そして諭吉は、少しだけ開いた扉の隙間から、すーっと姿を消したのだった。

宇宙五輪

「さあ、注目の100m走が始まろうとしています。第1コースはアーネスト・ボルト。『サンダー・ボルト』の異名を持ち、人類の最速記録保持者です。しかしボルト、緊張しているのか額の汗を何度もぬぐっています。そしてボルトの隣、余裕の表情を浮かべているのが第2コースのエラルド・ゴーリキ。身長は4m88㎝。青色の筋肉を持つ腕と足が特徴の、銀河87系のゴンガ星人です——

「――スタートしました！　まず最初に出たのはウラン星人！　8本の足をまるで車輪のようにしてトラックを突き進んでいきます！　しかし、その横、ミーバ星人のしなやかな身体が伸びていく！　軟体であることを利用して身体の一部を先へ飛ばす走法です！　ゴンガ星人も速い！　圧倒的な身体のバネを使って、ものすごいスピードで進んでいきます。

そして……最下位争いは、地球人のボルトと金星人のグレア！

おっとグレア転倒！　グレアが転倒しました！

――この競技でも負けたのは金星人！　今大会の『黒星』は金星で確定か――」

＊

スクリーンの映像が消え、部屋に明かりが灯《とも》された。まぶしさに目を細め、小さく唸《うな》る。

相変わらず俺の目の前にあるのは忌々《いまいま》しい鉄格子《てつごうし》。その向こうには人間が三人いる。全員白い服を着ている。中央の女が言った。

「今見てもらったのが前回の『宇宙惑星連合平和競技大会』。私たち人類は『宇宙五輪』と呼んでるわ。そして——宇宙五輪にオリンピックの金メダリストたちを派遣した地球は惨敗。もし金星が参加していなかったら、『黒星』になったのは間違いなく地球だったでしょうね」

スクリーンが切り替わり、他の競技の中継が映し出された。陸上競技はまだマシな方だった。球技やレスリングなど相手との接触がある競技では、他の惑星の星人たちは、赤子の手をひねるように地球人をなぎ倒し、中には命を奪われている人間もいた。

そしてスクリーンは、宇宙五輪ではなく、青い肌のゴンガ星人が金星で殺戮《さつりく》を繰り返す映像に切り替えられた。

「『黒星』は宇宙五輪で優勝した『白星』に資源を使い尽くされる。そしてほとんどの場合、生物は食料にされる。ゴンガ星の支配下になった旧金星の生物生存率は、今や4％以下よ」

白い服の女は俺に顔を向けた。

「金星が消滅した今、次の大会で地球は確実に負けるでしょうね。——でも、宇宙五輪にはその星のすべての生物に参加資格がある。だから、地球を救うためにはあなたの——チーターの力が必要なのよ」

「ふん」

俺は鼻で笑って言ってやった。

「お前たち人間どもは、今まで俺たち動物を好き放題殺してきやがった。それが、自分たちが死にかけた途端《とたん》、態度をコロっと変えて力貸してくれってのは虫が良すぎる話じゃねえか？　ああ？」

そして、俺は人間どもに牙をむいて威嚇《いかく》してやったよ。

――しかしまあ、とんだ厄介《やっかい》事に巻き込まれちまったもんだぜ。俺はいつも通りサバンナでガゼルのケツを追っかけてた。あともう一歩で食らいつけるってときに、突然首に鋭い痛みが走った。麻酔弾だ。で、目を覚ましたらこの鉄格子の中にいたってわけだ。

驚いたぜ。

この、頭を締めつけてる小さな鉄の塊《かたまり》の力で、人間どもと話ができるようになっていたんだからな。

それだけでも信じられねえのに、そっからの話はもう奇想天外だった。

なんでも、宇宙では惑星同士の戦争を防ぐための平和的解決法として「ある競技大会」が存在しているらしい。

それが『宇宙五輪』だ。

そもそも人間どもは『宇宙五輪』はもちろんのこと、この宇宙に自分たちより優れた生物が存在しているなんて思ってもみなかった。しかしそれは人間のとんだ思い上がりで、他の惑星の生物からしたら、地球なんていうのはかなり文明の遅れた存在だったたんだ。ただ、これまで地球は『宇宙遺産』に指定され、各惑星間で不可侵条約が結ばれていたから『宇宙五輪』に参加する必要はなかったんだな。それが数年前、地球の環境は汚染されすぎて『宇宙遺産』から外されちまった。地球としても、科学技術の進んだ他の惑星と戦争しても勝ち目はねえから『宇宙五輪』に参加するしかなかったんだ。

地球が初めて参加した前回大会ではたまたま黒星は免れたが、もうそっからはてんやわんやさ。次に開催される『宇宙五輪』では、なんとしても勝たなきゃいけねえ。そこで世界トップクラスの科学者が結集して作ったのが、今俺の頭についてる鉄の塊ってわけだ。こいつを使って人間以外の動物に『宇宙五輪』への参加を呼び掛けるって計画らしい。

ははは、傑作だぜ。

まさか、俺の言葉が人間どもに伝わる日が来ることになろうとはな。俺は、人間どもに向かって吠えてやったよ。

「お前たち人間が何をしたか教えてやろうか？　人間はなぁ、俺のおやじとおふくろを殺して皮を剥《は》ぎやがった。俺の目の前でな！　もしお前たちが宇宙人どもに殺されなくても、俺が代わりにお前らを殺してやるよ！」

＊

次に気づいたとき、俺はサバンナにいた。殺されるもんだとばかり思っていた俺は、飛び上がるくらいうれしかったな。実際飛び上がったら、頭についた機械のせいでバランスが取れなくておかしな飛び方になっちまったが。

チッ……。鉄格子から出しても頭の鉄だけは外さねえってわけか、くそっ。

前足で思い切り鉄の塊を引っ張った。頭がもげるかと思った。岩にぶつけてみた。壊れたのは岩の方だ。さすが、ずる賢い人間の中でも特にずる賢いやつらが作っただけある、とか言ってる場合じゃねえ。結局、俺は連中の監視下にあるってことだ。それが証拠に、今こうしている間にも、さっきの科学者の声が俺の頭の中に響いてきやがる。

ああ、うるせえ！　黙ってろ！　お前たちの思い通りにはならねえぞ。俺は絶対に宇宙五輪には出ねえからな！

そう叫んで俺は走り出した。

サバンナでは、今まさに日が落ちようとしていた。サバンナの草木が真っ赤に染まる、俺が一番好きな時間だ。緩やかな風が、草と俺の毛を揺らしていた。だが、そのとき俺はもう、昔のような心地よさはまったく感じることができなかった。

「パパ！」

匂いをたどってやっと見つけた岩陰の巣穴に入ると、俺の姿を見たガキたちが一斉にこっちにやってきた。俺たちチーターは、住処《すみか》を数日ごとに移動する。

「何それ、変なの！」

俺の頭に寄ってくるガキたちに向かって吠えた。

「触るな！」

こんなもんに触ったら、こいつらの身体に何が起きるか分かったもんじゃねえ。あいつらに飼われるのは俺だけで十分だ。

そして、俺は帰り道に仕留めたガゼルを穴の中へと持ち込んだ。ガキたちは一斉に食らいついた。

――俺のこんな姿を見たら、人間どもは何てぬかすだろうか。

あいつらの中では、チーターのオスは子育てを一切しないことになっているらしい。本当に救いようのないバカどもだ。あいつらはちょっと調査をしただけで、動物には個性はなく、「習性」しかないと決めつけやがる。それは単にあいつらが傲慢《ごうまん》で、動物はみんな自分より下の存在だと思っているからだ。

まあでもそんなことはどうでもいい。興奮して食べ物に食らいつくガキどもを見て、俺は少しだけ心の落ち着きを取り戻した。

「あなた……」

隣にいたのは、妻のリリだ。不安そうな顔でリリは言った。

「大丈夫なの？　ハイエナたちが、あなたがハンターに捕まったところを見たって」

わざと大げさに笑ってみせながら、俺は言った。

「ふん。人間なんて相変わらずノロマな連中だからな。うまく撒《ま》いてきてやったさ」

リリの表情から不安は消えなかったが、しばらくすると、俺の首元に顔をうずめた。ガキたちも、俺の身体にひっついてじゃれ始めた。

「頭のやつには触らないからね」

そう言って俺の背中に登ってこようとするガキどもを、前足で持ち上げて乗せてやりながら、チッと心の中で舌打ちをする。何度も何度も舌打ちをする。

おい、聞いているか人間？

お前らには家族がいねえのか？

もし家族がいるんだったら、お前らの家にもこんなに可愛いやつらがいるなら、俺たち動物にも家族がいるってことくらい分かりそうなもんだろうが！　それなのに、どうしてお前たちは、やたらめったら動物を殺すことができるんだ!?

その日の夜、俺は眠ることができなかった。イラ立ってイラ立って、頭がおかしくなりそうだった。

親を殺されたあの日から、俺は人間どもが滅び去る瞬間を何度も何度も夢見てきた。それがいよいよ現実になるかもしれねえってのに、俺は、宇宙五輪に出ようとしてやがる。なんでよりによってこの俺に、人間を守らせるようなことをさせやがるんだ⁉　もしこの世界に神様がいるのだとしたら、それは相当意地の悪い、たとえば人間みたいなやつなんだろうよ。


俺は、リリとガキどもを起こさないようにそっと巣穴を出た。頭の中に響いてくる言葉の指示通りに進むと、停車したトラックの前に白い服の連中が立っていた。女が言った。

「宇宙五輪に参加してくれるのね」

俺は答えず、地面に唾を吐いて言った。

「だが、お前たちには任せられねえ。『サバンナ《ここ》』は俺が仕切る」

「え？」

俺の言葉に、科学者どもが蒼《あお》ざめた。

「でも残された時間はほとんどないのよ」

「じゃあこの話は無しだ」

俺は、こいつらのやり方で他の動物を説得できるとは思えなかった。それに何より、麻酔弾とはいえ人間どもの「弾」を動物たちに撃ち込むのだけはどうしても許せなかった。

白い服の連中は相談を始め、途中、言い争いまで始めた。だが、結局折れた。

女は言った。

「……あなたに任せるわ」

「ふん。賢明な判断だ」

俺はそう言うと、すぐにやつらに背を向けて歩き出した。

＊

（確か、このあたりだったはずだ……）

乾期のサバンナでは、水を求めて動物たちが集まってくる場所がある。きっと、やつらもこのあたりにいるはずだ。俺は沼地に足を取られないように慎重に歩いていった。

「よお」

俺が話しかけると、そいつは巨体を立ち上がらせて俺をにらみつけてきた。そして空に向かって鼻を伸ばし、大声で吠えた。その声を聞いた仲間たちも近寄ってきた。

「何の用だ？」

他の巨体と比べても一回りでかいやつが、目の前に現れた。こいつが群れのボスだ。俺を警戒している。まあ、そうなるだろう。こいつらの仲間を一頭殺《や》るために、10の仲間と陣形を組むこともある。それくらい力のあるやつだ――ゾウってのは。

「力を貸して欲しい。この星のためだ」

――これは賭《か》けだった。ゾウは、サバンナの動物の中でも特に賢い。他の動物たちを襲わないどころか守ることとすらある。もし、こいつを説得することができれば、他の多くの動物たちを味方にすることができるかもしれない。

俺は、俺なりに言葉を選びながら、今、地球の置かれている状況を説明していった。

ゾウは、相変わらずの思慮深い目で俺を見つめていた。サバンナの生暖かい風が、俺の毛を揺らした。ゾウは言った。

「私はどの競技に参加すればいい？」

ホッと胸をなでおろし、俺は答えた。

「競技の中に石を投げるものがあるらしい。確か、これくらいの大きさだ」

俺は近くに落ちていた、ダチョウの卵くらいの大きさの石に前足を置いた。ゾウはその石を鼻でつまみ上げると、長い鼻の遠心力を使って放り投げた。石は、まるで羽のついた鳥のように、空の彼方へと飛んでいった。

「文句なし、だな」

俺が友好の証として前足を差し出すとゾウは長い鼻を伸ばしたが、俺の足の手前でスッとかわして言った。

「ただし、条件がある」

＊

まいったぜ。宇宙五輪から戻ったら、ゾウの群れの用心棒になって子ゾウのお守りをさせられることになるとはな。こりゃ地球がなんとかなったって、俺の身体がどうにかなっちまうぞ。

だが、ゾウの群れのボス、オルガを説得できたのは大きかった。他の動物たちも、こいつの話なら耳を傾けてくれるだろう。

――そして、オルガと俺は、サバンナに住む動物たちをたずね歩いた。オルガは時に諭《さと》すように、また、時には感情を露《あら》わにし、吠えるような口調で説得を続け、様々な動物たちを引き入れていった。

もちろんすべての動物が応じたわけじゃない。特にシマウマを説得できなかったのは痛かった。俺が得意なのはあくまで短距離。中距離以上であの連中にかなうやつはいないだろう。ただ、俺たちはウマを食いすぎた。俺たちが人間を憎むように、ウマは俺たちを憎んでいた。

「連れてきたぜ」

人間たちに指示された場所にサバンナの動物たちを連れていくと、そこには巨大なトラックが何台も停まっていた。人間の乗る車は何度か見たことがあったが、そのどれとも形が違っていた。

警戒する動物たちをオルガと俺でなだめすかし、一頭ずつ車の中へ誘導する。

白い服の女が言った。

「ありがとう」

俺はそいつの顔を見ず、吐き捨てるように言った。

「礼なんて言う暇があったら、とっとと俺たちを敵の前に連れていきやがれ。俺たちの望みはな、できるだけ早くこのクソ競技にけりをつけて、この場所に戻ってくることだけだ」

＊

「さあ、宇宙最大の祭典『宇宙惑星連合平和競技大会』が開幕しました！　今大会の注目は太陽系の地球！　多くの星が地球の支配権を手中に収めようと今大会に力を入れてきています。しかし、地球陣営も負けてはいません。前回大会は食物連鎖の頂点に君臨していた人間のみの出場でしたが、今回は地球最強の『動物』たちが参戦してきたのです！

──それではいよいよ１００ｍ走、選手が出揃《そろ》いました。スタートです！

最初に飛び出たのはウラン星人！　いつもの車輪走行で先頭を切ります！　そしてその横を追撃する緑色の細い身体はミーバ星人……いや、違う！　チーターです！　地球のチーターが駆け抜けていきます！

ものすごいスピードだ！

ミーバ星人をあっさりとかわす黄金の一閃《いっせん》！　その姿はまるで稲妻のよう！

ぐんぐん伸びていくサンダー・チーター！　後続を引き離しゴール！

タイムは……６秒23！

出ました！　宇宙新記録！　１００ｍ宇宙新記録が出ました！

――前回大会では、地球の代表選手はオフィシャル大気『Ｚ２Ｃ』への対応に手こずっていましたが、今大会では完全に適応してきています。動物の高い身体能力を、人間が見事にサポートしています。今大会の地球勢は侮《あなど》れません！

……おっとここで新たな情報が。他の競技でも地球勢が健闘しているようです。『投石』では、アフリカゾウが７キロの石を58ｍ飛ばして２位につけています！　さらに驚くべきはフットボール！

前回大会では、地球は８名の負傷者と３名の死者を出し棄権試合になりましたが、今大会は優勝候補のラドン星人相手に一歩も引いていません。身体の80％以上が鉄に覆われているラドン星人。まさに鉄壁が地球勢に押し寄せていきます。しかし……食い止めた！　食い止めたのはサイです！　フォワードのサイが一歩も引かず角でラドン星人を止めている！　そしてその間に、ボールを持ったゴリラがボールを投げます！　ゴリラの握力は約1トン！　とてつもないスピードで相手陣地に飛んでいく――が、高い！　高すぎる！　これは明らかにコントロールミス……いや取りました！　ボールを掴んだのはキリンです！　キリンは口でキャッチしたボールを持ってそのままタッチダウウゥン！」

＊

地球陣営の控室は、人間と動物の叫び声で沸《わ》いていた。特に人間のはしゃぎっぷりはすごかったな。まあ、前回大会では手も足も出なかった種目で勝利を収めていったわけだから、盛り上がるのは無理もない話だ。

だが、いつまでも浮かれているわけにはいかなかった。まだこの時点では、地球は総合ポイントで最下位になる可能性が残されていたからだ。

――もし、人間が、地球上のすべての生物を宇宙五輪に参加させられていたなら、最下位を免《まぬが》れるどころか上位に食い込むことすらできただろう。

宇宙五輪には陸上競技以外にも、水中競技、空中競技が存在する。グンカンドリの長距離飛行、ハヤブサの降下飛行、カジキの水中走、シャチの水球、そのどれもが優勝候補のはずだった。

しかし、人間は説得に失敗した。人間が、動物たちとの間に作った溝《みぞ》はあまりにも深く、そして何よりも、人間の、動物に対する敬意が少なすぎた。

ああ、忌々しい人間どもめ！

何が「地球を救う」だ。何が「絶滅危惧種」だ！

そんなことをホザく前に、カジキよりも速く泳げるようになってみろ！　俺たちより速く走れるようになってみやがれ！　そうすれば俺たちが進んできた道のり――進化の偉大さが――身に染《し》みて分かるだろうよ！


しかし、相変わらず人間は、運だけは持っていやがった。

今回、人間は、イルカ、アザラシ、オットセイ、ラッコを宇宙五輪に参加させることに成功していた。そして、イルカが陣頭指揮を執《と》った異種混合の『シンクロナイズドスイミング』の完成度は極めて高かった。この競技で3位までに入賞することができれば、地球は総合ポイントで最下位を免れることができる計算だ。

そしていよいよ『シンクロナイズドスイミング』の時間がやってきた。人間の作ったクラシック音楽に合わせて、動物たちが一糸乱れぬ演技を披露し始めた。

（よし！　よし！）

イルカたちが大技を決めるたびに、俺は感動の雄たけびをあげた。まったくと言っていいほどミスはなかった。音楽が鳴り止むのと同時に、全員が動きをピタリと合わせて最後の演技を締めた。会場で巻き起こるスタンディングオベーション。動物たちもその声援に応えた。控室にいた俺たちも抱き合って喜んだ。「やった！　俺たちは地球を守ったぞ！」

＊

「4位ってどういうことだ……」

審査結果を見て俺は愕然《がくぜん》とした。明らかに地球の演技はずば抜けていた。優勝してもおかしくない演技だったはずだ。

人間たちの動揺も激しかった。白い服の女が言った。

「もしかしたら、審査員の中に地球を黒星にしたい惑星の生物がいたのかもしれない……」

「畜生！」

俺は部屋の壁を思い切り蹴飛ばした。

何が平和競技大会だ！　ふざけるんじゃねえぞ！　結局どの星にいるやつらも、人間みたいに自分のことしか考えてねえ、卑怯《ひきょう》でずる賢い連中ってわけか！

俺は怒りが収まるまで壁を蹴り続け、そして大きく息を吐いて身体を小さくまとめた。俺が狩りをするとき必ず取る体勢だ。身体のすべての感覚を研《と》ぎ澄まし、目の前の獲物にだけ集中する。

俺は立ち上がって言った。


「俺は、『ファイナル・ラン』に出る」


『ファイナル・ラン』――人間たちからその競技の内容を聞いたとき、俺とはまったく無縁の競技だと思って気にも留めなかった。

『ファイナル・ラン』はその名前の通り、宇宙五輪を締めくくる最後の競技だ。宇宙五輪の開催惑星を約１００キロメートル、給水無しで横断する最も過酷な競技。獲得ポイントも一番高い。そして、宇宙五輪の終幕祭としての意味合いもあるこの競技は、正式にエントリーしている選手以外も、他の競技の参加者であれば参加が認められていた。

「でも、あなたの身体はこの競技には……」

「黙ってろ！」

女の言葉を咆哮《ほうこう》で遮《さえぎ》った。

俺は、自分の脚のことは誰よりも知っている。ガゼルやインパラを追いかけるための俺の脚は、超短距離向きだ。実際、全力で獲物を追った後は、ゆっくり休んで脚力を回復しないと歩くことすらままならない。もし休まず獲物を追おうものなら、全身が熱くなる。その熱はどんどん増していき、やがては身体を燃やし尽くされるような感覚に陥る。

だが、それがどうした？

お前たち人間どもには分かるまい。俺たちと人間との決定的な違い、それは「死」に対する覚悟だ。俺たちは、毎日を死と隣り合わせに生きている。生き延びるために、命を投げ出す勇気を持つ。それが、サバンナに生きる動物たちすべてが持っている本能だ。

俺が『ファイナル・ラン』への出場を宣言すると、ゾウもキリンも他の動物たちもエントリーを志願した。

そうだ。それでこそ「動物」だ。俺たちはお互いに手を取り合い勝利を誓った。

「俺たちの星は、俺たち動物が守るんだ」

＊

「――いよいよ今大会も最後の競技になりました！　大会のフィナーレを飾るのは『ファイナル・ラン』！　宇宙五輪開催地、惑星ザルバを舞台に各選手が１００キロ走破を目指します！　そして、スタート地点には各星の選手たちが入り乱れております！

さあ、高らかにスタートの合図が響き渡りました！　まず最初に飛び出したのは半人半獣のエルド星人！　宇宙屈指の長距離走巧者です！　そしてその後に続くのが……地球勢だ！　なんと短距離の覇者、チーターが『ファイナル・ラン』に参加しているぞ！　さらに続くのは、キリン、そしてゾウ。地球勢、ここで一気に勝負を仕掛けてきた！」

＊

熱い。身体が燃えるように熱い。全身が炎で包まれているようだ。

だが、そんなことはどうだっていい。

前を走るあのエルド星人。シマウマのような身体をしたあいつに全意識を集中する。

何キロでも、何十キロでもついていってやる。

俺は倒れない、絶対に。俺のガキどもは、まだサバンナの草原を走り回ったことすらないんだ。

あいつらが生きていくために教えなければならないことが山ほどある。あいつらの未来は誰にも奪わせない。俺は絶対に倒れない。倒れるわけにはいかないんだ……。


——そこで、俺は目を覚ました。


まず最初に見えたのは白い地面だった。俺はなぜかベッドの上に横たわっていた。

どういうことだ？　俺は今、何をしている？

飛び起きようとしたが、全身に鉛が埋め込まれているかのように重い。俺は、ベッドの上に這いつくばった身体を少しでも起こそうと、四本の足に力を込め続けた。

「お前はレースの途中で気を失ったのだ」

声の方へ顔を向けると、ゾウのオルガだった。

「私がお前をこの場所へ運んだ。人間の救助が間に合いそうになかったからな」

「レースはどうなった？」

俺がたずねるとオルガは言った。

「レースはまだ終わっていない」

俺は、オルガの言葉を聞くや否や、全身の毛が逆立つような怒りを覚えた。

「ふざけるんじゃねえ！」

怒り狂った俺は、オルガの喉元に噛みついた。オルガの喉から血が流れ出した。

「俺が死のうが生きようがそんなことはどうだっていい！　どうしてお前がここにいる⁉　どうしてレースを続けてねえんだ⁉」

すると、オルガは澄んだ瞳で言った。

「もともと私たちの身体は、長距離を走るのには適していない」

「それがどうした⁉」

俺の怒りは収まらなかった。俺はオルガに向かって吠え続けた。

「そんなことは端《はな》っから分かってんだ！　でも、俺たちがやらなきゃ誰がこの星を守るっていうんだよ！」

そして俺は「畜生！　畜生！」と言いながら何度も床を叩いた。これで終わった。すべてが終わってしまった。俺の頭には、前回大会で敗れ、他の惑星の生物に自分の星を蹂躙《じゅうりん》される者たちの映像が浮かんだ。結局俺は、愛する妻とガキども、そして美しいサバンナを、守ることはできなかった。

しかし、絶望する俺の背後から、オルガの声が聞こえた。

「まだ勝負は終わっていないぞ」

そしてオルガは、傷だらけの長い鼻で、部屋にあるテレビモニターを指した。

モニターには『ファイナル・ラン』の映像が流れていた。先頭を走っているのは相変わらずエルド星人だ。そして、そこから少し離れて数人の選手が第2集団を作っていた。

(な、なんだと……)

そこで俺は驚くべきものを見た。

第2集団の中に地球の選手がいたのだ。

しかもそいつは――人間だった。

「どういうことだ――」

俺が口を開け、愕然としていると、オルガは落ち着いた声で言った。

「地球で、長距離走を最も得意とする動物は人間なのだ」

LIVE

俺は思わず叫んだ。

「そ、そんなわけねえだろう！」

「本当だ」

オルガはそう言うと、その巨体とは対照的な、小さな丸い瞳でモニターを見続けた。

オルガは言った。

「なぜ、すべての動物の中で人間だけが肌を守る体毛を持たないのか。それは、皮膚から熱を逃がし、長距離を移動できるように進化したからなのだ」

「ふ、ふざけるな！」

俺は、再びオルガに食らいつかんばかりに叫んだ。

「じゃあ何だ？　人間どもは持久力を高めるために毛を捨て、その分、寒くなったから動物を殺して毛皮を奪ったたって言うのか⁉　ふざけるんじゃねえぞ！」

俺は突き刺すような視線をテレビの人間に向けたが、オルガの口調は変わらなかった。

「憎いか、人間が」

「当たりめえだろ！　こいつらは、自分勝手な都合で動物を殺し続ける最低のクソ野郎どもだ！お前だって人間を憎んでるだろうが！」

「ああ」

オルガは小さくうなずくと言った。

「だが、チーターよ」

オルガの潤《うる》んだ瞳は、どこか深い世界を見通しているようにも見えた。

「人間もまた、私たちと同じ、地球という大地から生まれた動物なのだ。そして——」

オルガは鼻を、画面の中で必死に走る男に向けた。

「彼は今、地球を守るために、たった一人の戦いを続けている」

そのとき、画面の中の男がアップで映し出された。

(こいつは……)

俺は、その顔に見覚えがあった。

画面の中で走るその人間は、前回の宇宙五輪で100メートル走を走っていたやつだった。それが今、やつは100キロのマラソンに挑戦している。

あの大会のあと、こいつは何を考え、どんな訓練を積んできたのか、俺には想像もつかなかった。

ただ、画面に映るその男は——後ろ足だけの間抜けな走り方だったが——鬼気迫る表情で、必死に手足を動かし続けていた。

＊

「さあ、エルド星人、首位をキープしたまま残り1キロ地点を通過しました！　『ファイナル・ラン』今大会の優勝もエルド星人が濃厚か！　しかし2位以下は混戦です。ウラン星人、ゴンガ星人……その中には地球人の姿もあります。地球代表のアーネスト・ボルト、苦しそうな表情だ。おっと、ここでゴンガ星人がラストスパート！　それを見て他の選手もスパートをかけた！　ボルト遅れた！　地球人遅れました！　前回大会で短距離の惨敗を受け、今回は『ファイナル・ラン』一本に絞って調整してきました。しかし、ゴールを目前にして力尽きようとしています！　これで今大会の黒星は地球で決まりか……おおっと、何だ⁉　観衆たちをかきわけ、土煙を上げながらボルトと並走する集団が現れました！　彼らは皆、同じ旗を振っています！」

くそっ！　まさかこの俺が、人間なんかを応援するハメになろうとはな！　つくづく忌々しい大会だぜ、この宇宙五輪ってのはよお！

俺は、今にも死にそうな顔で走る人間の横を、焦り、イラ立ち、そして藁《わら》にもすがるような思いで並走し続けた。

ああ、人間！　もっとスピードを上げねえか、この野郎！

あと少し、
あと少しじゃねえか！

お前があと少し頑張れば、地球を守れるんだよ！

「ああ！」

我慢できなくなった俺は口にくわえていた地球旗を放り投げ、人間に向かって叫んだ。ありったけの声で。

「おい！　人間！　聞こえるか⁉

俺はなあ、お前が嫌いだ！

俺だけじゃねえ。俺たち動物は、みんなお前たちのことが嫌いだ！　お前たちは今まで好き勝手に動物を殺し、地球の支配者面《づら》してきやがったからな！

でも、人間よ！　お前はこのままで良いのか⁉
このまま終わっちまっていいのかよ⁉
俺はなあ、お前がこんなに長く走れる脚を持っていたことを今日まで知らなかったぞ。
脚だけじゃねえ。俺は、お前のことなんざ何も知らねえんだ！
お前今、何のために走ってるんだ⁉
自分のためか？
家族のためか？
他に守るべきものがあるのか？

お前は何のためにこんなに苦しい思いをしてやがんだ？

おい、人間！　この競技に勝って、そのことを俺たちに教えろ！

お前たちの家族を、お前たちの生活を、お前たち人間のことを――俺たちに教えろ！

もしお前がここで負けたらなぁ、人間と俺たちは、何も解り合えないまま終わっちまうんだぞ！」

そして俺は、最後の力を振り絞って叫んだ。

「俺たちの関係は、まだ何も始まっちゃいねえんだ！　こっからなんだよ、俺たち動物は！」

＊

「おおっと！　地球人のボルト、スピードを上げた！　口を開き、顔を上げ、苦悶の表情を浮かべながら、それでもスピードを上げていく！　一番最初にゴールテープを切ったのはエルド星人！　遅れてウラン星人がゴールしました！　さあ、3着はゴンガ星人か、それとも地球人か！　熾烈《しれつ》な3位争いを制するのはどちらだ⁉

おおっと地球人、前に出たぞ！

最後の最後、身体一つ分の差でゴンガ星人を抜き去りました！　地球人、3位入賞です！　そして100キロを走り切ったボルト、ゴールと同時に地面に倒れ込みました。その周囲に地球の動物たちが集まります。そして、ボルトを背に乗せたゾウを囲みながら、動物たちが救助車へと向かって走り出しました！

——さあ、上位入賞の決定により、今大会の黒星が確定しました。間一髪で黒星を免れた地球。

しかし、今後も黒星の有力候補であることに変わりはありません。次回大会までに、人間と他の生物がどのような関係を築くことができるのか、これからの地球人の動向に注目が集まりそうです――」

役立たずのスター

こんな話をしたところで、誰も信じてはくれないだろう。

しかし、「あいつがここにいた」という証《あかし》は、今も、私の目の前にはっきりと残っている。


――あの日、私は部屋で一心不乱にギターの練習をしていた。

レコード会社が主催《しゅさい》した女性ボーカリストのオーディション。最終選考まで残ったけど、結局選ばれなかった。

でも私にとって、オーディションに落ちるなんてことは日常茶飯事だ。落ちるたびにヘコんでいるようじゃメジャーデビューの夢はかないっこない。そのことは良く分かってる。ただ、今回つらかったのは、私の代わりに合格した女の子が、誰の目から見ても歌が下手で、自作の歌詞もめちゃくちゃで、ミュージシャンとしての魅力がまったく無かったことだった。

唯一——外見を除いては。

なんでも彼女はモデル出身で、学生時代もミスキャンパスに選ばれたことがあるらしい。

あまりの腹立たしさに、お酒でも飲んで派手に酔っぱらっちゃおうかと思ったけど（こういう悔しさをモチベーションに変えちゃう私って素敵じゃない？）と無理やり自分に言い聞かせ、ギターの練習を始めることにしたのだ。

私がギターを弾き始めてから、何時間経っただろう。

ビデオ録画の赤いマークが点灯したのを見て、手を止めた。

（今日、何曜日だっけ？）

カレンダーで確認すると、私が欠かさず見ているトーク番組の日だった。

この番組は旬のアーチストをゲストに迎え、彼らが売れるまでの道のりについてかなり突っ込んだ話をする。しかもゲストにミュージシャンが来たときは、スタジオでライブをするので参考になることが多かった。

私は少し手を休めようと思い、テレビの電源をつけた。

しかし、画面に映像が映った瞬間、自分の心が少し重くなったのが分かった。

画面に、すごく綺麗な女の子が映ったのだ。

彼女は最近話題になっているシンガーソングライターで、路上で活動していたときからすでにたくさんのファンができていたらしい。

私は、今日のオーディションのことがあったから神経質になっていたのかもしれない。なんとなくテレビの電源を切ってしまった。

テレビの音が消えた部屋には、表を走るトラックのグガン！グガン！という騒音だけが響き渡っている。私の住むアパートは大通りに直接面していて、深夜も騒音が激しい。でもその分、楽器を気兼ねなく弾けるし、何より家賃が安いのだ。

（何やってんだろ、私……）

しばらくすると、私は自分のしたことが恥ずかしく思えてきた。自分より優れたものを持っているることは素直に認めて、参考になる部分は学んでいけばいい。こんな風に目を逸らすなんて逃げているみたいだ。私はもう一度テレビのリモコンを握り締め、電源を入れた。

画面に現れた彼女は、ピアノを弾きながら歌っていた。

その映像を見ていると——いつのまにか、私の目からは涙がこぼれてきた。

歌声が素晴らしかった。

歌詞も良かった。

でも、これは、感動の涙じゃなくて、悲しい涙だった。

画面の中で歌う彼女は、誰かを勇気づけようとしている。

でも、彼女の歌声が美しければ美しいほど、歌詞が心に響けば響くほど、彼女が光り輝けば輝くほど、私の中にある希望がどんどん削られていくのが分かった。

彼女の魅力を見て、私はこう思ったのだ。


人を感動させるアーチストというのは、彼女のように、普通の人が持っていない才能を二つも三つも持っている人なんじゃないだろうか——。


それは、私が長い年月をかけて、ゆっくりと培《つちか》ってきた不安だった。

そもそも今日のオーディションに受かったあの子にも、そして、あの子と比べて落とされてしまう私にも、人を感動させる資格なんてないのかもしれない。だってテレビの中で歌う彼女は、ミュージシャンとしての魅力のすべてを兼ね備えているのだから。

私は、テレビの前にじっとしているのがつらくなって立ち上がった。

ガラス戸を開けベランダに出ると、夜の冷たい風が私の頬《ほお》をなでた。

(私、このまま続けてていいのかな……)

星一つ見えない、東京の夜空を見上げながら私は思った。

（もし私がみんなの前で歌を歌いたくても、みんなが私の歌を聞きたいと思わなかったら、誰も幸せにならない……）

そんなことを考えていると、本格的に涙が流れ出してきた。私には涙を止めることができなかった。

私は歌が好きだから、どれだけでも続けられるし、どこまでも頑張れると思う。

でも、もし歌が、私のことを好きじゃなかったら、私はいつか、歌を仕事にすることをあきらめなきゃいけないいんだ。

そして、もしかしたら——それは遠い未来のことじゃないのかもしれなかった。

だってテレビに映ってた彼女は、私より綺麗で、私より才能があって、

それに、私より10コも年が下だったから。

そんなことを考えながら夜空を眺めていると、突然、小さな光がパッと闇の中に浮かんだ。

（あ、流れ星……）

普段なら願いごとを思い浮かべたりするのかもしれないけど、このとき私は何も考えることができなかった。

しかし、次の瞬間私は、

「な、何なのあれ⁉」

と我を忘れてベランダで叫んでいた。

目の前を横切った流れ星が、今度は反対方向に流れている。そして右に行ってはまた左に行く、そんなことを繰り返していたのだ。

（え？　何これ？　どういうことなの⁉）

軽くパニックに陥った私は、頭の中で色んな考えを巡らせた。

（こ、これって、写真を撮るべき⁉　どうする？　どうするのよ、私⁉）

しかし、気づいたときには、私は夜空を流れる星に向かって大声で叫んでいた。


「私の夢を、なんとかしてください！」


——今思えば、このとき私はデジカメを用意しておくべきだったのかもしれない。このあと起きた出来事は予想を上回り過ぎていて、デジカメで写真を撮ろうという発想自体思い浮かばなかったからだ。

私が流れ星に向かって願いごとを言ったからなのかは分からないけど、その瞬間、星は夜空でピタリと止まった。

「え？　ええ⁉」

私は、だらしなく口を開いたまま星を見つめていた。

しかし、星はずっとその場で静止したままだった。

……いや、違う。星はどんどん大きくなっていた。

つまり、こちらに向かって近づいてきたのだった。

「ちょ、ちょっと待って！」

私はあわてて部屋に逃げ込んだが星は止まらない。星の放つ光はだんだん大きくなって、夜空全体に広がっていった。

ドーン！

轟音《ごうおん》と共に部屋に強い衝撃が走った。大地震が起きたかのような揺れだった。

砂埃《すなぼこり》が舞い散る部屋の中で、私はゆっくりと目を開けた。しかし、あまりのまぶしさに再び目を閉じてしまった。

手をかざして光を遮《さえぎ》りながらおそるおそる目を開くと、そこにいたのは――星だった。

星は、なぜかサングラスをはめており、その横にはマイクスタンドが立てられている。

そして、星が入ってくるときに衝突したのだろう、部屋に置いてあったギターは吹き飛ばされ、ちゃぶ台も完全に破壊されていた。床にも大きな衝突の跡がついていた。

私は悲鳴をあげようとしたけど、驚きと恐怖で口が硬直して動かない。

星は、私の部屋をゆっくり見渡したあと、普通にしゃべり出した。異常にダンディな声で。

「今日、私の元へ寄せられた願いごとは2億7532万4128件。その中で最も魂のこもった叫びを聞かせてくれたのは……YOUだ。おめでとう、YOU」

「あの……」

私は、おびえながらもなんとか言葉を捻《ひね》り出した。

「あなた……何ですか？」

すると星はマイクスタンドを器用にぐるりと回すと、マイクに口を近づけて言った。


「私は、スターさ」


そして星は言った。

「スターは滅多なことでは人前に姿を現さない。今日は――お忍びさ」

（お忍び……）

穴の空いたカーテンから、冷たい風が流れ込んできていた。

「さあ――」

星は、両手を広げると言った。

「スターがわざわざ来日したんだ。お茶の一つでも出してくれたまえ」

＊

私は、カーテンに空いた大きな穴に他の布をあてて塞《ふさ》いでいた。とりあえず、こうでもしないと部屋の外から中が丸見えなのだ。直感的に、この星はあまり人には見られてはいけない気がした。そして、私がその作業をしている間、星は、割れたちゃぶ台の足として壊れたギターを下に敷き、その前に座って紅茶を飲みながらチーズおかきを食べていた。

「すまないが……」

突然、星が口を開いたので、私はあわてて
「は、はい」

と振り返った。星は言った。

「部屋の明かりを少し落としてもらえないか？　部屋の蛍光灯の輝きが、私の輝きとかぶっている」

（かぶってるって、何なのよ）と私がぼやくと
「ん？　何か言ったか？」

と言われたので「いえ、何も……」と首を横に振って蛍光灯を消した。すると星は言った。

「ああ、明かりを全部消すのはやめてもらいたい。これじゃあまるで、私が蛍光灯代わりにされているみたいじゃないか。スターが何かの『代わり』になるのはあり得ないぜ」

私は（面倒くさ……）と思いながら、スイッチを何度か押してオレンジ色の小さな明かりに変えた。すると星は満足したように紅茶を飲み、それから部屋を見渡して言った。

「しかしまあ、パッとしない部屋だね」

私がイラッとしてにらみつけると、星は笑って言った。

「気を悪くしないでくれたまえ。私はむしろこういう部屋が好きなのだ。部屋がパッとしない分、私の存在がパッとするからね」

星の言い方はさらに私をイラ立たせたが、星は止まらなかった。

「こういう木造建てのアパートってまだあるんだぁ」「来るときに見たけど、この辺コンビニ全然無いねぇ」「もしかして、敷金・礼金ゼロのタイプ？」

そうやって星はうれしそうに私の部屋をバカにしたあと、立ち上がって言った。

「じゃ、帰るわ」

（え――？）

呆然とする私の目の前を、星は小さな歩幅でテクテクと歩いて、ついさっき私が応急措置をしたカーテンの前までやってきた。

そして、星は左手を勢いよく挙げて言った。

「アディオス！」

「ちょ、ちょっと待ってよ！」

私はあわてて星の前に立ちはだかって言った。

「あの……あの……」

「どした？」

「何か、忘れてることありませんか？」

「忘れてること？」

星は首をかしげた。

「あ、あの、流れ星さんですよね。だったら、その……」

すると星は
「ああ！」

と言って手をポンと叩いた。

「すまない、忘れていたよ。それをしなきゃ私がここに来た意味がないからね」

私がホッと胸をなでおろすと、星は手を差し出して言った。

「色紙をもらえるかな？」

「はい？」

「あ、君は色紙じゃなくて、Ｔシャツに欲しい派？」

「何の話……ですか？」

するど、星は優しく微笑んで言った。

「サイン――だよね？」

最初、星は冗談で言っているのかと思った。しかし星は本気だった。私はこらえきれなくなって言った。

「あの、サインとかはどうでもいいんで……願いごと、かなえてもらっていいですか？」

星はきょとんとした顔で言った。

「何の話？」

「いや、その、流れ星に願いごとをしたらかなうっていう、そういう決まりがあると思うんですけど……」

すると星は一瞬目を丸くしたあと、「あははは！」と大声で笑い出した。

「君はその年で、まだそんなおとぎ話を信じているのかい？」

星の言葉にいよいよ我慢できなくなった私は、声を荒げた。

「じゃあ、あんた何しにここに来たのよ！」

するとと星は当然のような顔で言った。


「輝きに来たのさ」


呆然としている私の肩を、星は、ぽんぽんと叩いて言った。

「自慢したらいい。友人に、家族に、親戚に、自慢したらいいよ。『スターに会ったよ』と。『スター輝いてたよ』と。『思ったより全然輝いてたよ』と。『直視するとやばいよ。輝きで目がやられるよ』と。『でも、仮に目がやられたとしても、私はそれを誇りに思うよ。だってそれは、スターが私に刻んでくれた存在の証《あかし》なのだから――』。実際よりも大げさに話すのがポイントだね。そうすれば、聞いた人を、より羨《うらや》ましがらせることができるはずだ」

私は震える声で言った。

「本当に、願いごとはかなえてもらえないの？」

「何度言わせるんだい？　私にできることは、ただ輝くことだけさ。なぜなら私はス――」

途中で言葉を止めた星は、マイクを私の方に向け小さな声でささやいた。

「『スターだから』の部分は君が言ったらいい。スターというのは自分で言うより他人に言われた

方が、より輝きが増すものだからね。さあ、遠慮せずに、はい。ス――」

「ふざけないで!」

私はマイクを払いのけると、カーテンの穴を指差して言った。

「だ、だったらせめて、あんたが壊したもの直してから行きなさいよ!」

すると星はフッと鼻で笑い、三角の手を前に出して言った。

「このシンプルな手で何ができると言うんだい? マイクが持ててるのも不思議なくらいさ」

私はもう怒る気力もなくして、その場にへたり込んだ。

(何なのこれ……一体何なのよ……)

突然、部屋に飛び込んできた星がしゃべり出して……でもそんなわけの分からない状況で、いやそんな状況だからこそ、「もしかしたら不思議な力で私の願いをかなえてくれるかもしれない」なんて期待していた。このときの私は、もう、どんな形でもいいから――それが夢や幻でもかまわないから、希望が欲しかったんだ。

（やっぱりダメなんだ。私は、夢をあきらめるしかないんだ……）

そう思ったら、再び悲しみが込み上げてきた。頼んでもいない涙が瞳に溜まってきてしまう。

そんな私の様子を見ていた星は、ぽつりとつぶやいた。

「君は、何をそんなに悲しんでいるんだい？」

私は顔を上げて星をにらみつけた。

「私の願いごとがかなわないからに決まってるでしょ！」

すると、星は首をかしげた。

「分からないな。星に頼んだくらいで願いごとがかなってしまったら、それはどんなにつまらないことだろう」

「でも一生願いがかなわなかったら、つまらないどころか最悪じゃない。しかも、今の私はその可能性が濃厚なの！」

しかし、星はなぜか「ほう」と感心した。

「それは良かったじゃないか。可能性が低く見えれば見えるほど、達成したときの輝きはとてつもないものになる。ＹＯＵにはスターの資格があるぞ」

「そんな気休めいらない」

するとと星は、その姿には似つかわしくない、真剣な表情で言った。

「これは気休めではない」

そして星は、部屋の中を歩きながら話し始めた。

「どうして星が輝くか知っているかい？」

「知るわけないでしょ」

私がぶっきらぼうに答えると、星はマイクスタンドを丁寧に立てながら言った。

「星は、熱核融合反応による爆発を起こしている。その爆発が輝きとなって見えるのだ。しかし、その爆発はいつも起きているのに、星の輝きはいつも見えるわけではない。これがどういうことだか分かるかい？」

「もう、何なの？　もっと分かりやすく言ってよ」

すると星は、カーテンの隙間から夜空を見上げて言った。

「私が輝いて見える理由。それは、今、夜だということだ。そして星は、夜空にしか輝くことはできない」

そして、星は私に向き直った。

「『闇が深ければ深いほど、光も強く輝く』。この言葉を知っている者は多いが、本当の意味を理解している者はほとんどいない。だから、闇の深さにとらわれてしまうのだ。まさに、今のＹＯＵのように」

「で、でも」

私にはそれでも、星の言葉は気休めにしか聞こえなかった。

「あなた、私がどれだけ売れてないか知らないでしょう。たぶん、私、才能無いんだと思う……」

「『闇が深ければ深いほど、光も強く輝く』。もしＹＯＵに才能が無いのだとしたら、『才能が無い』という闇の深さは、同時に光の強さを支えるだろう」

「何言ってるか全然分かんない……」

「もし本当にＹＯＵに才能が無かったのだとしたら、しかし、それでもＹＯＵがミュージシャンを目指すのなら――才能のある者より努力しようという気持ちを支えるだろう。それだけじゃない。もし本当に才能が無く、しかし、それでもミュージシャンとして成功したのなら、その事実は才能に不安を持つ者に夢と希望を与えるだろう。さらに言おう。ＹＯＵが成功するためにした創意工夫――つまりは成長のプロセスを、ＹＯＵは他の誰かに伝えることができるだろう。それは、天から才能を与えられてしまった人には、決して持つことのできない『輝き』だ」

「でも……」

それでも私は言葉を続けた。

「……私、全然可愛くないし」

「もしYOUが、仮に今、美しくなかったとしても、美しい女性に成長したならばその成長は多くの者に希望を与えるだろう。そして、YOUに聞こう。世の中にいるのは自分の外見に自信を持つ者ばかりだろうか？　むしろYOUのように、不安を持っている者の方が多いのではないか？　YOUは、そんな多くの者たちの気持ちが理解できる。だからこそ、多くの者たちを勇気づける歌を作ることができるのではないか？　その歌は、ついさっきテレビに映っていた美しい女性の歌よりも、多くの者にとっての希望になるかもしれない。そのときYOUは、あの女性以上に輝いているとは言えないだろうか？　そして——その輝きは、まさに、Y、O、U、が深く、悩んで、い、る、と、い、う、闇に、支えられているのではないだろうか？」

そして、星は私を指差した。

「持たざる者よ。YOUは持たざる者ゆえに、スターの資格がある」

星はそう言うと、マイクスタンドをつかんで歌い出した。

人は　色んな星の下に生まれるよね

生まれちゃうよね

美しく生まれたり　お金持ちの家に生まれたり

才能を持って生まれたり　そうじゃなかったり

しちゃうのさ（しちゃうのさ）

でもね

輝きは　生まれつきのものだけじゃないんだぜ

才能を持って生まれなかったからこそ
誰も持たない才能を手に入れる人がいる
美しく生まれなかったからこそ　誰よりも美しくなれる人がいる
今　目の前にある闇が　未来の輝きを支えてるのさ
だから　俺は
サングラスを外すわけにはいかないんだぜ
光り輝く　その日の　ＹＯＵが　見えるから

スターがちょうど歌い終えたとき、部屋のインターホンが鳴った。受話器を取ると、下の階の部屋の住人だった。

「あのう……大丈夫ですか？　さっき、すごく大きな音が聞こえたんですけど」

私は、「大丈夫です」と答えながら思い切り現実に引き戻されていた。

（この床に空いた穴、どうするのよ……）

しかし、私がインターホンの受話器を置いて振り向いたときには、もうそこにスターの姿は無くて――カーテンが風に揺られているだけだった。

私は、ゆっくりとそちらに向かって歩いていき、窓の外を見た。

星一つ見えない、夜空だった。表の通りを、相変わらずトラックが大きな音をまき散らしながら走り抜けていく。

その光景を見ていると、この部屋にさっきまで星がいたことが、夢の中の出来事だったような気もしてきた。

そんなことを考えながら、視線をふと足元に落とすと、そこには壊れたギターが転がっていた。

そのギターを見て、思わずぎょっとした。

ギターには、星のサインがしてあったのだ。

Star

（何勝手なことしてくれてんのよ――）

妙に雰囲気を出してるサインを見ていると、あいつのいい加減さが思い出されて怒りがこみ上げてきた。でも、途中からなんだかバカバカしくなって、私はしばらくの間、星のサインを見ながら笑っていた。

そしてひとしきり笑ったあと、私は夜空を見上げてつぶやいた。

「新しいギター、買いに行かなくちゃ」

スパイダー刑事《デカ》

〜カブトムシ殺虫事件〜

KEEP OUT
KEEP OUT
KEEP OU
C

A
P OUT
KEEP OUT
KEEP OU
KEEP OU

「ガイ者はどこだ？」

事件現場に到着したカタツムリ警部は、険《けわ》しい表情でたずねました。

「こちらです」

コオロギ巡査に案内されて死骸《しがい》の場所までやってきたカタツムリ警部は、突き出た目をさらに突き出して言いました。

「こりゃ驚いたな……」

クヌギの木の下には、カブトムシの死骸を見ようとたくさんの虫たちが集まっていました。「立ち入り禁止区域だぞ！」とコオロギ巡査が野次馬たちをどなります。

カタツムリ警部は、カブトムシの顔に置かれていた木の葉をおそるおそる持ち上げました。

「うっ……」

断末魔の叫びが聞こえるようなカブトムシの形相を見て、カタツムリ警部は思わず顔を背《そむ》けました。その隣で、コオロギ巡査が事務的な口調で報告を始めました。

「えー、カブトムシの死亡推定時刻は午前4時50分。5メートル上空から落下し、角が地面に突き刺さった際に頸椎《けいつい》を損傷したものと思われます。また、上羽および下羽から大量の漆《うるし》が検出されており、被害者は空中で羽を開くことができない状態にあったようです」

カタツムリ警部が顔を上げると、そこにはこの森で一番大きなクヌギの木がそびえ立っていました。

「第一発見者は？」

「フンコロガシです」

コオロギ巡査は続けました。

「フンコロガシがフンを転がしていたところ、カブトムシの死骸に当たったということです。そのとき転がしていたフンはそのままにしてありますが、どうしますか？」

「検閲《けんえつ》に回しておけ」

「あ、それとカタツムリ警部」

「何だ？」

「私たちが現場に到着したときに、複数のアリがカブトムシの死体を運ぼうとしていましたが……」

「またアリのやつか……死体損壊容疑で逮捕だ」

面倒くさそうに言うと、カタツムリ警部は動かなくなったカブトムシの体をまじまじと眺めました。

「しかし、大きなカブトムシだな」

「ええ。このカブトムシはクヌギの木を支配するヌシでしたから」

「……つまり、樹液を独り占めしていたというわけだ」

「そのようです」

そのとき、カタツムリ警部の目がキラリと光りました。

「このクヌギの木に集まる虫たちを呼んでくれ。すぐにだ！」

「分かりました」

コオロギ巡査は慌てて走っていきました。その姿を見送ったカタツムリ警部はカブトムシの死骸に視線を戻しましたが、そのとき嫌な胸騒ぎがして、全身からねっとりとした汗が噴《ふ》き出しました。

＊

クヌギの木の下に集められた虫たちを見て、カタツムリ警部は、ぎょっと目を突き出しました。どの虫も、みな体に傷を負っていたからです。

「これは一体どうしたことだ？」

カタツムリ警部がたずねると、スズメバチが答えました。

「カブトムシにやられたんですよ」

スズメバチは、悔しそうに顔を歪《ゆが》めて言いました。

「あいつは樹液が全部自分のものだと思っていましたから、樹液に近づく虫を追い払うんです。一度私が針で刺してやろうとしたのですが、あの固い外骨格のせいでこのとおりです」

そしてスズメバチは、おしりの先の針を見せました。針は、真ん中からポッキリと折れていました。

「みんな、カブトムシにやられたんですか？」

コオロギ巡査の言葉に虫たちはうなずきました。

「おや？」

集められた虫たちを見ながら、カタツムリ警部がふと気づいて言いました。

「そういえばカブトムシのメスはどうしたんだ？　メスもこのクヌギに来ていたはずだろう」

すると、コオロギ巡査が手張を見ながら答えました。

「カブトムシのメスは、『なんでこんな暑い日にわざわざ出かけなきゃいけないの？』の一点張りでした。捜査に協力してほしいなら手みやげの一つも持ってこいと」

「『虫のいい』やつだな」

そしてカタツムリ警部は（今のはうまいことを言えたな）と一人で感心していましたが、他の虫が全然笑っていなかったので、オッホンと咳払《せきばら》いをして言いました。

「カ、カブトムシのメスは樹液を飲んでいたのか？」

この質問に、スズメバチが答えました。

「はい。カブトムシもメスだけは追い出しませんでしたから」

「ふむ……」

カタツムリ警部が考え込んでいると、

「あ、あのう……」

カナブンが、恥ずかしそうに頭をかきながら言いました。

「私の怪我《けが》ですが……私はカブトムシさんにやられたのではありません」

するとアゲハ蝶は、「カナブンさんもカブトムシのせいで怪我したようなものじゃないですか」

と口を挟みましたが、カナブンは苦笑いして言いました。

「いいえ、正直に申しておいた方が良いと思いまして。実は……私の怪我は『仕事』が原因なのです」

「仕事？」

コオロギ巡査がたずねると、アゲハ蝶が悲しそうな顔で言いました。

「カナブンさんはかわいそうな方なのよ」

「いいんですよ、アゲハさん」

カナブンは止めようとしましたが、アゲハ蝶は声を張り上げました。

「いいえ、私は言わせていただくわ。あのね刑事さん、カブトムシはカナブンさんを特に目の敵《かたき》にしていたのよ。だからあいつは、誰よりも先にカナブンさんを木から追い出したの」

「それはどうしてですか？」

コオロギ巡査の質問に、アゲハ蝶の声はいよいよ大きくなりました。

「カナブンさんの光沢のある外骨格を妬《ねた》んでたのよ。だってカブトムシはいつも言ってたもの。『カナブンのくせにピカピカ光りやがって！』って」

カナブンは、申し訳なさそうに頭を下げて言いました。

「ただ、このあたりで樹液が出るのはこの木だけですし、私にはまだ年端もいかない息子がおりますので、あまり遠くに行くことができません。そこで色々と思案した結果、マッサージ師になることにしたのです」

「マッサージ師？」

コオロギ巡査とカタツムリ刑事は、驚いて顔を上げました。

「ええ。その……私もそうですが、甲虫類は体が固くなっておりますでしょう？　だから体が凝《こ》りやすいのではないかと、そのように考えたのです」

「なるほどねえ」

カタツムリ警部は感心してふむふむとうなずきました。

「で、その傷はどうしたんだい？」

「おかげさまでご好評をいただきまして、連日連夜マッサージをしておりましたところ、腕を痛めてしまったのです」

「なるほど」

すると、またアゲハ蝶が口を挟みました。

「でも、カブトムシに追い出されなきゃ、マッサージなんて大変な仕事をする必要もなかったんですから。結局、あいつのせいで怪我したみたいなものなのよ！」

アゲハ蝶の様子に目を細めたコオロギ巡査は、鋭い口調で言いました。

「アゲハさん、先ほどからあなたはやけにカブトムシのことを悪く言ってますが、今日の4時50分頃あなたは何をしていましたか？」

「ま、まさか、私がカブトムシを殺したなんて言うんじゃないでしょうね？」

アゲハ蝶はうわずった声で言いましたが、コオロギ巡査は冷静に答えました。

「一応、捜査なので」

アゲハ蝶は、フンと顔を背けて答えました。

「その時間なら、小川の近くに生えている百日草《ひゃくにちそう》の蜜を吸いに行ってたわ。一緒に行った蝶がいるから聞いてみてくださいな」

「なるほど……」

メモを取ったコオロギ巡査は、他の虫たちにも、今日の4時50分に何をしていたか聞いて回りました。

カナブンは言いました。「その時間は、フンコロガシさんのお宅でマッサージをしていましたね」。

「ハチの巣にいました」とスズメバチ。

クワガタは「向こうのモミの木で他のクワガタと相撲を取ってたよ」。

聞き込みを終えたコオロギ巡査は、カタツムリ警部の耳元でささやきました。

「どの虫にもアリバイがあるみたいですね」

「うーむ……」

カタツムリ警部の体からは、さらにねっとりとした汗が噴き出していました。一体どの虫がカブトムシを殺したのか、ちんぷんかんぷんでした。しかし何かを言わなければならないと思い、こんなことを口にしました。

「も、もしかしたら、これはあれだな。『自殺』だな」

「自殺!?」

他の虫たちが一斉に顔を向けてきました。カタツムリ警部もあとに引けなくなって、言葉を続けました。

「ほら、みんなの話をまとめると、カブトムシは相当な嫌われ者だったようだ。つまり、どの虫にも殺虫動機がある。しかし、問題はその方法だよ。このクヌギの木のヌシであり、誰も歯が立たないカブトムシを、誰が、どうやって木から落としたというのかね?」

虫たちは何も言わずにうつむきました。確かに、カタツムリ警部の言うとおりだったのです。

「しかし、カブトムシの羽には漆が塗られていましたが」

コオロギ巡査に痛いところを突かれたので、カタツムリ警部はわざと大声で言いました。

「コオロギくん! 君はもっと柔軟に考えねばならんよ。この私の体のように!」

そして、カタツムリは体をくねくねさせながら言いました。

「漆は――カブトムシが自分で塗ったのだよ」

「じ、自分でですか?」

「そうだ。甲虫の羽というのは反射的に動いてしまうものだからな。飛び降りても、勝手に羽が開いて飛んでしまう。それを防ぐために、あらかじめ自分で羽を開けられないようにしておいたというわけだ」

「なるほど……」

「カブトムシはクヌギの木で一番強い存在だった。しかし、それゆえに孤独だった。そんな孤独を苦にしての自殺だよ。体がどれだけ頑丈でも、心は『虫の息』だったというわけだ」

そしてカタツムリ警部は「うまいこと言った！」と言って、首を思い切り伸ばしました。

「これにて一件落着！　さあ、それではスイカでも食べに行くとするか。ちょうど向こうの草むらで『スイカの食べカスカフェ』がオープンしたみたいだからね。どうだいコオロギくん、君も食べに行かんかね？　君が行くなら予約の電話をしておこう。なにせ私は電電虫というくらいだからな。コオロギくん？　聞いているのかい？」

カタツムリ警部がコオロギ巡査の方を見ると、空を見上げていたコオロギ巡査は突然、

「うわああ！」

と叫び出しました。

カタツムリ警部が「なんだなんだ？」と空を見上げると、コオロギ巡査よりも大きな声で
「きゃああああ！」

と叫び声を上げました。

カタツムリ警部たちがいる場所に向かって、空から何かが覆いかぶさるように落ちて来たのです。
カタツムリ警部が腰を抜かしてひっくり返ると、落ちてきたものはぶら〜り、ぶら〜りと空中で揺れながら言いました。

「も、申し訳ありません！　怪我はありませんでしたか？」

見ると、それは1匹のクモでした。

「な、なんだ貴様は！」

カタツムリ警部が起き上がりながら叫ぶと、クモは、おしりからするすると糸を伸ばして地面に下りてきました。そして、ペコペコと頭を下げながら話し始めました。

「私は、巣配田邦彦《すぱいだくにひこ》と申します。この事件の捜査に加わるよう、本庁から指令を受けやって参りました」

その言葉を聞いたカタツムリ警部は、あからさまに嫌そうな顔をして思いました。
(また本庁のやつが、私の手柄《てがら》を横取りしにきたのか！)

しかし、巣配田警部が

「不束者《ふつつかもの》ですが、どうぞよろしくお願いします。恐縮です」

と深く頭を下げたので、少し安心しました。

（本庁から来たというからどんなやつかと思えば、見た目どおり腰の低いやつじゃないか）

カタツムリ警部は巣配田警部の前に進み出ると、オッホン！と偉そうに咳をして言いました。

「スパイダくんと言ったかな？　せっかく来てもらって申し訳ないが、事件はたった今解決したところだ」

「え⁉」

驚く巣配田警部に向かって、カタツムリ警部は続けました。

「私の推理によると、カブトムシの死因は自殺だね」

そしてカタツムリ警部は、先ほどの推理を得意げに話しました。その話に対して「なるほど」「それは確かにそうかもしれません」と巣配田警部が納得してくれるので、カタツムリ警部は満足そうにうなずいて言いました。

「よし、これにて事件は解決！　お疲れした！」

そして「スイカ、スイカ」とつぶやきながら歩き始めましたが、背後から巣配田警部のつぶやきが聞こえました。

「しかし……一つだけ引っかかりますね」

「は？」

カタツムリ警部はイラだって振り向きました。すると、巣配田警部は弁解するように言いました。

「ああ、すみません。これ、私の癖なんです。すぐ引っかかっちゃうんですよ。クモの巣だけに」

そして巣配田警部は、「つまんないこと言ってすみません」と苦笑いしました。

「ぎゃははははぁ！」と体をよじって爆笑しているカタツムリ警部の横で、コオロギ巡査が真剣な表情でたずねました。

「何が引っかかるんですか？」

「それはですね……」

巣配田警部は、クヌギの木を見上げて言いました。

「私、先ほど、カブトムシさんが落ちたとされる場所から飛び降りてみたんです」

「へえ……」

話を聞いていた他の虫たちも感心しました。確かに、おしりから糸を出せるクモであれば、高い場所から飛び降りても大丈夫だからです。

巣配田警部はするすると足音を立てずに歩き、クヌギの木を登っていきました。そして5メートルほどの高さに登ると、下にいる虫たちに向かって叫びました。

「聞こえますかー？　ええっと、ここから飛び降りようとするとですね、まず下を見て、高さを確認したくなります。そして、相当な高さであることを知った上で、思い切って飛び降りるわけですから、こういう風に、頭から落ちることになると思うのです」

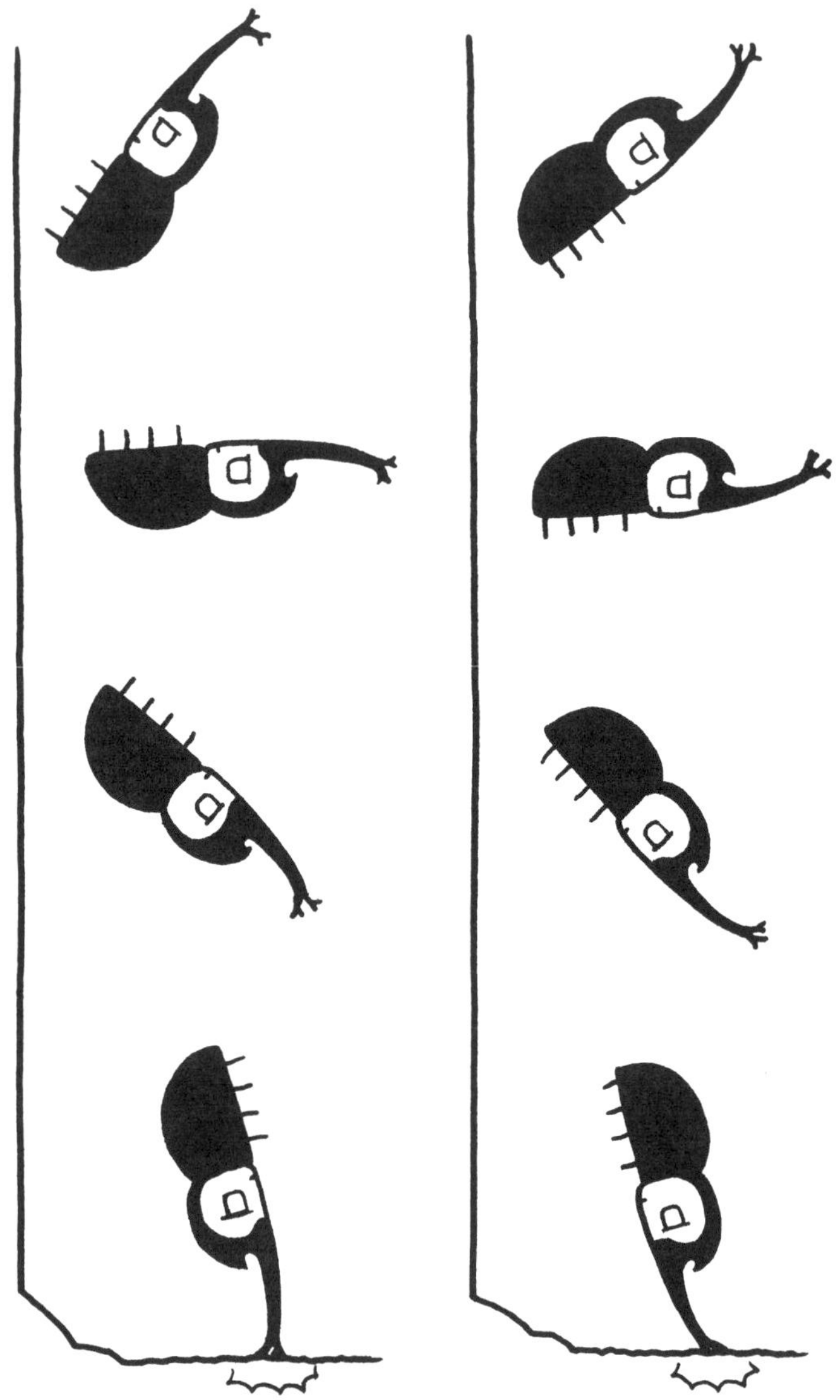

B
A

そして巣配田警部は、実際にみんなの前で実演してみせました。

「もし、このように落ちたのだとしたら、カブトムシさんの頭は地面に対して正面からぶつかることになります（図A）。

しかし、カブトムシさんの亡骸はその状態にはなっていません。地面に対して、背面から落ちているのです。つまり、カブトムシさんは、地面を見ていない状態で、木から足を離したということになります（図B）。

しかし、実際にやってみると分かるのですが、カブトムシさんのように落ちるのは、命綱のある私ですら震えるくらい怖いのです」

他の虫たちは「確かに……」と納得した様子を見せました。

カタツムリ警部は、決まり悪そうに声を張り上げました。

「し、しかし！　カブトムシはあえて後ろ向きに飛び降りることで、『どうだ！　俺様の勇敢さは！』と誇りたかったたんじゃないのか⁉」

すると、コオロギ巡査が小さな声で耳打ちしました。

「カタツムリ警部。先ほどはカブトムシの心は虫の息だったと……」

「う、うるさい！」

カタツムリ警部は、頭を左右に振りながら言いました。

「と、とにかくこの事件は謎が多い。謎だらけだ。謎まみれだ！　これはすぐに解決できる事件ではない！　とりあえず今日のところは解散！」

こうして、集められた虫たちはいったん家に帰されることになりました。

現場を離れたカタツムリ警部は、オオムカデのパトカーに乗り込みながら思いました。

(今、私の顔はまさに「苦虫をかみつぶしたよう」になっていることだろう……巣配田のやつめ！)

しかし、その横にいたコオロギ巡査は、あることを思い出していました。

(そういえば、私が警察官になったばかりの頃、こんな噂を聞いたことがある。本庁には、緻密《ちみつ》な『論理の網《あみ》』と『情報網《もう》』を張り巡らし、『粘り強い捜査』で必ず犯虫を捕まえる伝説の警部がいると。確か彼の名前は――スパイダー刑事《デカ》)

しかし、

「今日はお忙しい中、誠にありがとうございました！」

と、他の虫たちに土下座するくらいの勢いで頭を下げる巣配田警部を見て
(まさかな……)

と心の中でつぶやいたのでした。

＊

あくる日、カタツムリ警部はぶつぶつとつぶやきながら現場に向かっていました。

「とにかく、巣配田のやつより先に犯虫を挙げないとな。このままでは、ワシの面目がまるつぶれだ」

そして現場に着くなり、目を突き出して大声で叫びました。

「な、なんだなんだ!?」

クヌギの木にとまっているクワガタの胴には白い糸が巻きつけられ、それが地上の丸太の木まで長く伸びています。そして、丸太の木をフンコロガシが後ろ足で押していました。その近くには巣配田警部の姿も見えました。

カタツムリ警部は、とっさに思いました。

(そうか、犯虫はクワガタだったんだな。それで逃げようとしているクワガタをみんなで取り押さえているんだ！）

そして、カタツムリ警部は大声を張り上げました。

「ご苦労！　ご苦労！　あとは私が引き受けた！　私がきちんとクワガタを逮捕しておくからみんな帰っていいぞ！」

すると、巣配田警部が振り向いて言いました。

「これはカタツムリ警部、お疲れ様です。実は今、クワガタさんに協力してもらって色々調査しているところなんです」

「へ？」

「……あ、そこのフンコロガシさんも入ってもらっていいですか？」

「はいよ」

巣配田警部に指示されると、近くにいたフンコロガシが丸太を押すのに加わりました。

それとほとんど同時の出来事でした。

「うわわぁ！」

クワガタが叫び声をあげました。クワガタがつかんでいた木の皮が剥《は》がれてしまったのです。クワガタは、なんとか足を木に引っかけて落ちるのを防ぎました。

木から降りてきたクワガタは、

「もう、行っていいんだよな?」

と巣配田警部にたずねましたが、巣配田警部は「やはり、カブトムシさんを木から落とすには……」とうつむいたままつぶやいていました。クワガタが「警部さん?」ともう一度話しかけると、ハッと我に返って「本日はお忙しい中、誠にありがとうございました」と頭を下げました。そして、巣配田警部はフンコロガシたちにも「ご協力ありがとうございました」と一人一人頭を下げて回りました。

(こいつは一体、何をしようとしているんだ!?)

カタツムリ警部が巣配田警部を問いただそうとすると、そこに、コオロギ巡査が息を切らして走ってきました。

「も、目撃者が見つかりました!」

「何!?」

カタツムリ警部が振り向いて、首を長く伸ばしました。

「昨日の4時40分頃、カブトムシとカブトムシのメスが一緒にクヌギの木にいるところを、トンボが見ていたそうです!」

「よし!」

カタツムリは膝を叩いて言いました。

「『飛んで火にいる夏の虫』だ！　すぐに、カブトムシのメスの所に向かうぞ！」

勢いよく叫んだカタツムリ警部でしたが、間髪入れずに言いました。

「お、おい！　待ってくれ！」

カタツムリ警部は歩くのが遅いので、コオロギ巡査と巣配田警部に置いていかれてしまったのでした。

＊

「だから、知らないって言ってんでしょ！」

カブトムシのメスが、乱暴に言い放ちました。コオロギ巡査は机を叩いて言いました。

「お前がカブトムシのオスと一緒にいたのを、トンボが見てるんだよ！」

「知らないわよ！　私はクヌギの木には行ってないんだから！」

「ウソをつくな！」

言い合いをするコオロギ巡査とメスカブトの間に、カタツムリ警部が割って入りました。

「まあまあ、落ち着きなさいよコオロギ巡査」

カタツムリ警部は、ゆっくりと窓の所まで歩いていきました。窓からは強い夏の日差しが入って

きています。カタツムリ警部は、振り向いて太陽の光を背にしました。その顔には、優しい微笑みが浮かんでいました。

「メスカブトさん、今日のあなたは『虫の居所が悪い』ようだね。そういうときは無理してしゃべる必要はない。とりあえず、取り調べはこの辺にしてスイカの出前でも取ろうじゃないか。そうだ、私が電話をしよう。なにせ私は電電虫というくらいだからね」

　しかし、カブトムシのメスはぷいっと横を向いて言いました。

「スイカなんていらないわ」

「まあまあ、そう言わずに。甘いものを食べたら固くなった心も――」

「だからいらないって言ってるでしょ」

「まあまあ、そう言わずに――」

「だからいらないんだって」

「優しくしてりゃつけあがりやがって、このメスカブトがぁ！」

カタツムリ警部は我を忘れて、机をバン！　バン！　と何度も叩きました。

「カ、カタツムリ警部、落ち着いてください」

コオロギ巡査に止められたカタツムリ警部は、肩でふうふうと息をしながら言いました。

「じゃ、じゃあ昨日の4時40分。お前はどこにいたんだ？」

「それは……」

メスカブトが言葉に詰まったので、カタツムリ警部は「ほらみたことか！」とうれしそうに言いました。

「お前はオスのカブトムシと付き合っていた！　しかし別れ話がもつれたから『一緒に死にましょう。羽に漆を塗って』と心中を持ちかけた。しかし、お前だけ羽に漆とは違うものを塗っていたから助かった。そうだな⁉」

「違うわよ！」

「違わない！　はい、お前逮捕！　だいたい、昨日の捜査に協力しなかった時点で怪しいと思ってたんだよ！」

「ちょ、ちょっと待ちなさいよ！」

強引すぎるカタツムリ刑事の指示に、コオロギ巡査は戸惑いながらも、メスカブトを取り押さえようとしました。すると、奥の部屋から1匹の虫が顔を出しました。

「その子は犯虫じゃないぜ」

声の主は、トノサマバッタでした。

「昨日の朝は、俺と一緒にいたよ」

そう言ってトノサマバッタは飛んでくると、メスカブトの肩を優しく抱きました。メスカブトは、顔を赤らめて言いました。

「私、最近、草食系男子にハマっちゃってるから」

すると、トノサマバッタは言いました。

「俺は草食だけど、やるときはやるぜ」

その言葉を聞いてメスカブトも、「私、あなたのためなら草も食べるわ。殿」と言いました。

カタツムリ警部は、フンと鼻で笑ってつぶやきました。

「『蓼《たで》食う虫も好き好き』だな」

そしてカタツムリ警部は（今のは相当うまいこと言えただろう！）と自信を持ってコオロギ巡査を見ましたが、コオロギ巡査はまったく別の方向を見ていました。

「おいコオロギくん、どこを見てるんだ君は？　今、私が相当うまいことを言ったというのに！」

すると、コオロギ巡査が答えました。

「いや、先ほどまでここにいた巣配田警部の姿が見当たらないんですよ」

「またあいつか……」

カタツムリ警部がため息をつくと、トノサマバッタが言いました。

「ああ、クモの刑事さんならフンコロガシの家に行くって言ってたよ」

「フンコロガシ？」

カタツムリ警部は、鋭い目つきをして言いました。

「そういえば、カブトムシの死体の第一発見者は誰だった？」

「フンコロガシです」

すると、カタツムリ警部は目を光らせて
「すぐにフンコロガシの家に向かうぞ！」

と威勢よく言いました。そして間髪入れずに、

「おい待ってくれ！　置いていかないでくれ！」

とコオロギ巡査に向かって叫びました。

＊

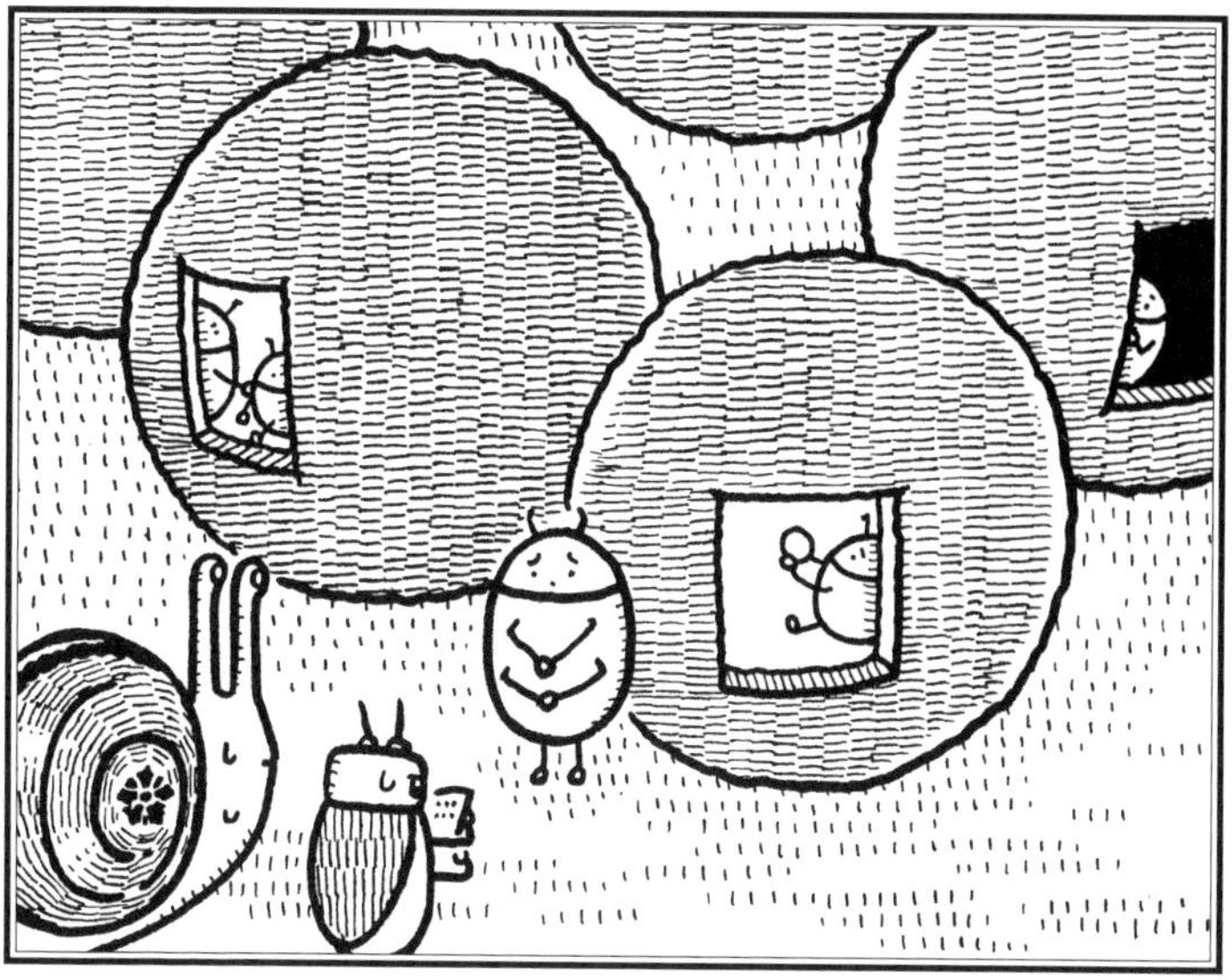

「うえっ！　たまらんな、この臭《にお》いは！」

フンコロガシの家に入ったカタツムリ警部は、鼻を押さえました。コオロギ巡査も顔を歪ませています。

「あいつ、よくこの家の中で平気な顔してられるな……」

家の中では、フンコロガシと巣配田警部が話をしていました。

「……つまり、カブトムシさんが殺害された時間、カナブンさんはここでお風呂に入っていたというわけですね」

「んだんだ。マッサージが終わったあとは、いつもそうしてもらってるだ。カナブンの旦那は気い遣《つか》うなって言うんだけども、おらたちの臭いを落としてもらってるだ。あの日もそこの窓から手出して、ゆっくり風呂につかってただ」

横で話を聞いていたコオロギ巡査は、カタツムリ警部に耳打ちしました。

「カナブンにもフンコロガシにも、アリバイがありそうですね」

「いや……」

カタツムリ警部は言いました。

「もしかしたら、2匹で協力してカブトムシを殺したのかもしれないぞ」

すると、フンコロガシがカタツムリ警部をにらみつけて言いました。

「おらのことは何言ってもええけど、カナブンの旦那の悪口だけは許さんど！」

カタツムリ警部は「な、なんだ急に……」とおびえた顔をしました。

フンコロガシは言いました。

「カナブンの旦那は、マッサージが天職だって言ってただ。そんな旦那が、今さらカブトムシを殺してなんの得があるってんだ!?」

それからフンコロガシは、カタツムリ警部たちを後ろ足で蹴飛ばしながら言いました。

「さあ帰ってくれ！　もう話すことはないだよ！」

カタツムリ警部たちは、仕方なくフンコロガシの家をあとにしました。

＊

「ああ、もう、この臭い、全然取れんじゃないか！」

カタツムリ警部は、小川で体を洗いながら言いました。

「なあ、コオロギくん、この臭いには虫酸が走るな！　虫だけに虫酸がね！」

「……。」

「お、無視というわけかね！　虫だけに！」

「……。」

「……コオロギくんは、あれかね。私のダジャレに反応したら即死する類《たぐい》の呪いでもかけられているのかね？」

そして、カタツムリ警部は言いました。

「ってそれ、どんな呪いだよ！」

そのとき巣配田警部は、少し離れた木にぶらさがりながら考えごとをしていました。

カタツムリ警部は、体を洗いながらため息をつきました。

「私の推理では、犯虫はスズメバチだな。１匹じゃ無理だが、大群になればカブトムシを殺すのなんてわけないさ」

「しかし、カブトムシの死骸に刺し傷はまったくありませんでしたが」

「う、うるさい！」

駄洒落には無反応だったコオロギ巡査が突然反応したので、カタツムリ警部はブチ切れそうになりました。イライラが頂点に達したカタツムリ警部は、

「もう今日の仕事は終わり！」

と殻を取って水の中に入ってしまいました。

「あ〜、気持ちいい〜」

カタツムリ警部は冷たい小川の水に浸かってくつろいでいました。そして、しばらく経ってからカタツムリ警部が水から顔を上げると、そこには、驚いた顔の巣配田警部が立っていました。

「な、なんだ巣配田。ワシは仕事をサボっているわけじゃないぞ！　この体についた臭いを取らないと仕事に支障が出るんだよ！　これは事件解決のための前向きな水浴び……」

巣配田警部は言いました。

「分かりました」

カタツムリ警部は「そうか分かってくれるか。分かってくれたならいいんだ」。

すると、巣配田警部が答えました。

「違います。カブトムシを殺した虫が、分かったんです」

＊

スズメバチ、クワガタ、アゲハ蝶、カナブン、メスカブト、トノサマバッタ、フンコロガシ……、クヌギの木の下に虫たちが集められました。そして、虫たちの前に立った巣配田警部は説明を始めました。

「みなさんもご存じのように、カブトムシさんは角が地面に刺さった状態で、仰向けに倒れていました。しかしクワガタさんに協力してもらって分かったことですが、もしカブトムシさんが後ろから何者かに引っ張られたのだとしたら、クヌギの木に大きな傷跡がついているはずです。しかしクヌギの木に傷はありませんでした」

巣配田警部は言いました。

「それでは今から、カブトムシさんがどのように殺害されたのかをご覧にいれます」

そして、巣配田警部はクヌギの木を登っていきました。クヌギの木の上では、先に到着していたコオロギ巡査が地面を見下ろしながら震えていました。

「ほ、本当にやるんですか？」

巣配田警部は、ニッコリ笑って言いました。

「糸を三重《さんじゅう》にして、切れないようにしておきますから。バンジージャンプだと思って、楽しんでいきましょう」

「そ、そんな……」

コオロギ巡査は躊躇《ためら》いながらも自分を奮い立たせ、巣配田警部の背中に乗りました。

「しっかりつかまっててくださいね」

そう言った瞬間、巣配田警部はつかんでいた木を放しました。


「ひやぁぁぁぁぁぁ！」


コオロギ巡査の叫び声が、森中に響き渡りました。

真っ逆さまに落ちていく巣配田警部とコオロギ巡査。

そして、コオロギ巡査の頭が地面につくぎりぎりのところで、巣配田警部はおしりに力を入れて糸を止めました。すると2匹は、空中で左右に大きく揺れました。

真っ青になったコオロギ巡査を地面に下ろすと、巣配田警部は虫たちの前に戻って来て言いました。

「今、見てもらいましたように、カブトムシさんは何者かの背中に乗った状態で、一緒に地面に落ちたのです。だから、あのような体勢で地面に頭をぶつけることになったのです。そして、一緒に落ちた虫は、カブトムシさんをクッションにして助かったというわけです」

巣配田警部は、虫たちを見渡しながら言いました。

「そして、ここにいる虫の中で、そんな芸当ができるのはメスカブトさんと――」

巣配田警部は、目線を止めて言いました。

「カナブンさんです」

虫たちは、一斉にざわつき始めました。クワガタが、口をとがらせて言いました。

「カナブンが、どうやってカブトムシを背中に乗せることができるんだ？」

すると、巣配田警部は落ち着いた口調で答えました。

「フェロモンです」

巣配田警部は続けました。

「カブトムシは、メスの羽の付け根から出るフェロモンに引き寄せられ、交尾しようと背中に登るのです。メスカブトさん、あなたはカナブンさんのマッサージを受けていましたね？」

「え、ええ。何度かお願いしたことがあるわ」

「あなたの家に、カナブンさんのマッサージ屋『モミモミ・モーニング』のスタンプカードがありましたからね。ところでメスカブトさん、マッサージ中、カナブンさんは羽の付け根に触れたりしませんでしたか？」

メスカブトは思い出しながら答えました。

「そういえば、『熱で凝りをほぐします』って何度か温かいタオルを羽の付け根にあててもらったことがあるわ。あれはすごく気持ちよかったけど……」

「し、しかし！」

カタツムリ警部が割り込んで言いました。

「カブトムシは羽に漆が塗られていたんだぞ？　どうやってそんなことができたんだ？」

巣配田警部は答えました。

「カブトムシさんが殺害された日、私はカブトムシさんの周辺の情報を探りました。すると、数匹の虫が私の情報網に引っかかったのです。彼らの話では、カブトムシさんは死ぬ数日前から、ある自慢をしていたということです」

「自慢？」

「はい。カブトムシさんは、『近々、俺の外皮がピカピカ光るようになるから楽しみにしておけ』ということを周りに吹聴《ふいちょう》していたようなのです」

「外皮がピカピカに……」

「カブトムシさんは、カナブンさんの光る外皮を羨《うらや》ましく思っていました。そして、これは私の予想ですが、カナブンさんは、カブトムシさんにこう言ったのではないでしょうか？『カナブンだけが知っている方法で、外皮に光沢を生むことができる』と。そして、羽に漆を塗らせるよう仕向けたのです」

カナブンは、うつむいたままでした。話を聞いていたフンコロガシが叫びました。

「で、でもよ刑事さん！　カナブンの旦那はあのとき確かにウチにいただ！　ずっとウチの風呂に入ってただよ！」

「その点に関しては最後まで謎でした。しかし、川でカタツムリ警部が殻を脱いでいるのを見て気

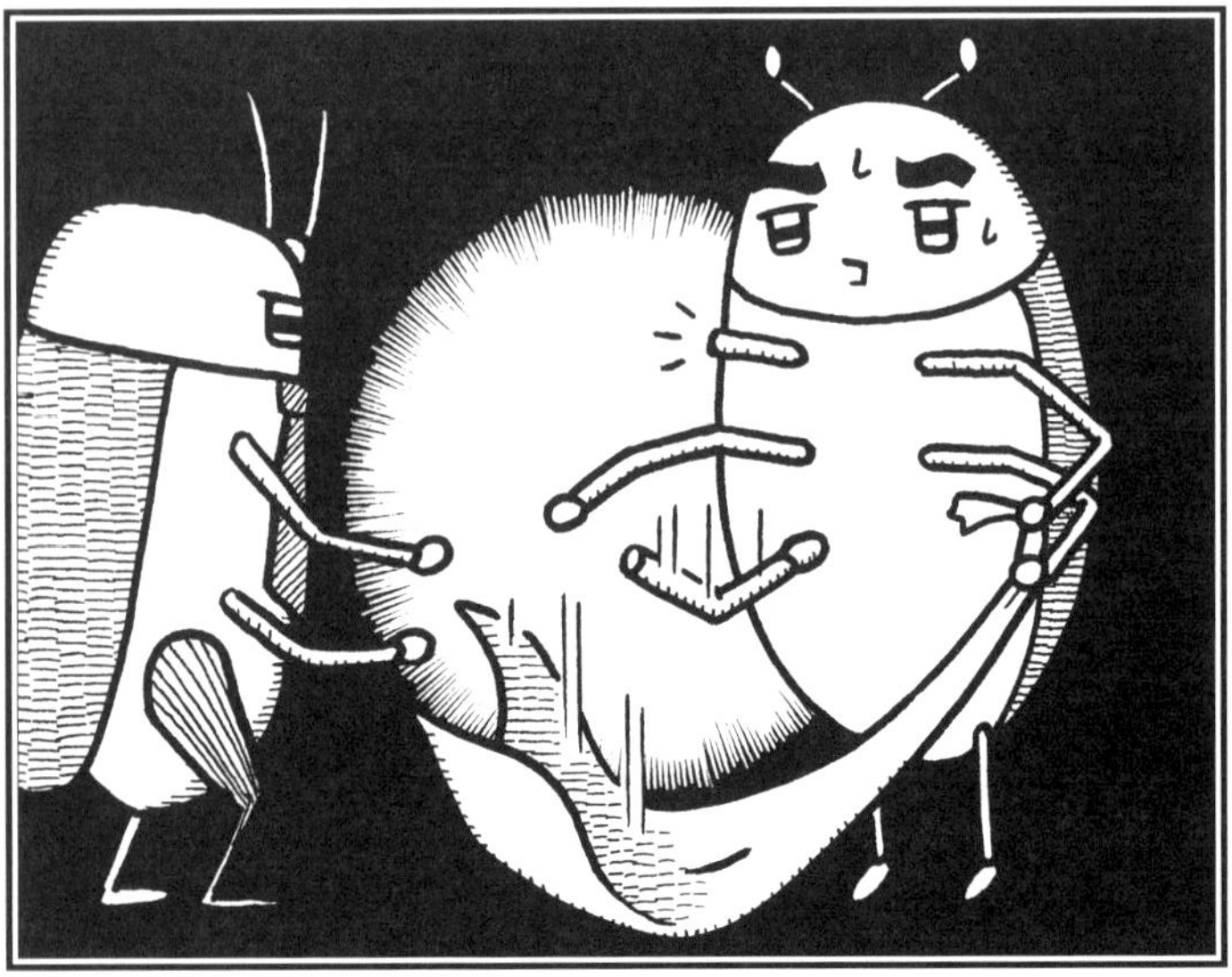

づいたのです。カナブンさん――」

巣配田警部は、険しい表情をカナブンに向けて言いました。

「その腕の包帯を、外してもらってもよろしいですか？」

カナブンは、じっとしたまま動きませんでした。

コオロギ巡査が近づいて
「失礼します」

と言ってカナブンの包帯をほどきました。

「ああ！」

包帯が取れた腕を見て、みんなが一斉に声をあげました。

カナブンの腕は、第二関節から先がつながっていなかったのです。

巣配田警部は言いました。

「カナブンさんはマッサージを終えたあと、自らの手を引きちぎり、お風呂の窓枠に掛けておいたのです。そうすることで、お風呂に入っているように見せかけた。そのあと風呂の奥の窓から外に出て、用意しておいたメスカブトのフェロモンを体に塗ったのです。このとき、外皮には、メスカブトと同じ色にするための染料を塗ったかもしれません。そしてクヌギの木でカブトムシを殺害したあと、再びフンコロガシさんの家に戻り、体の染料とフェロモンをお風呂で洗い流したというわけです」

話を聞いていたコオロギ巡査がつぶやきました。

「つまりトンボは、カナブンをカブトムシのメスだと勘違いしたのか……」

「ど、どうなんだカナブン！」

カタツムリ警部が言いました。

しばらくうつむいていたカナブンは、ゆっくりと顔を上げ、口を開きました。

「巣配田警部のおっしゃるとおりです」

そして、カナブンは語り始めました。

「体の色を変えたのは、泥で作った染料です。これならメスカブトさんに色も近いですし、水で落ちやすいものですから」

周囲の虫たちがざわつきました。誰も、まさかカナブンが犯虫だとは思っていなかったからです。

巣配田警部は、悲しそうな目で言いました。

「ただ、この事件には、どうしても引っかかることがあるのです。それは、動機です。カナブンさん、あなたがいかに節足動物とはいえ、自ら足を引きちぎるのは並大抵の痛みではなかったはず。しかも、その腕は、マッサージをするための大切な商売道具じゃないですか。そこまでして、どうしてカブトムシさんを殺さなければならなかったのですか？」

虫たちはみなカナブンに注目しました。しかし、カナブンはうつむいたまま何も答えませんでした。

すると、小さな虫が1匹飛んできて巣配田警部に体当たりしました。

見ると、それは小さなカナブンでした。

「ブン太！」

カナブンが言うと、ブン太は巣配田警部の体を両手で叩きながら言いました。

「お父さんは悪くないんだ。全部僕のせいなんだ！　逮捕するなら僕を逮捕して！」

「ブン太！　やめないか！」

カナブンに言われると、ブン太は動くのをやめてその場で泣き出しました。

巣配田警部が言いました。

「教えてくださいカナブンさん。一体、何があったんですか」

　カナブンはブン太の所までやってくると、泣きじゃくるブン太の頭を撫でながら語り始めました。

「私が――バカだったんです。一度だけ、一度だけこの子に、クヌギの木から出たばかりの新鮮な樹液をなめさせてやりたいと思い、早朝にクヌギの木に連れて行ったのです。しかし、私たちはカブトムシに見つかってしまいました。

　私はカブトムシに頭を下げてお願いしました。

『私は一切樹液はいりません。どうかこの子に、樹液を一口だけでもなめさせてあげてください』

　しかし、カブトムシは言いました。

『この樹液はすべて俺のものだ。お前たちにやる樹液はない』

　そして、私をその角でクヌギの木から突き飛ばしたのです。私を落としたあとは、ブン太も木から落とされました。

こうして私たちは、クヌギの木の樹液を飲むのをあきらめて家に帰ったのです。

そして、あくる日のことでした。

私が仕事を終えて家に戻ると、ブン太が頭に、木で作った角をつけて遊んでいたのです。その姿を見た私は、ブン太から角を取り上げて投げ捨てました。気づいたときには、私はブン太の頬をぶっていました。『角なんかを欲しがるんじゃない！ カナブンはカナブンとして生きていけばいいんだ！』。すると、ブン太は泣きながら言うのです。『僕はカナブンに生まれたくて生まれたんじゃないんだ！ お父さんが勝手に生んだんじゃないか！ それなのに僕はカナブンに生まれたってだけで、おいしい樹液を飲んじゃいけないの？ 他の虫をマッサージして、樹液のおこぼれをもらいながら生きていかなきゃいけないの!? そんなの嫌だよ！』。

私は、『うるさい！』ともう一度ブン太をぶちました。ブン太は、そのまま家を飛び出してしまいました。その日、ブン太は帰ってきませんでした。

日が落ちて不安になった私は、外に出てブン太を捜し歩きました。ブン太は、枯れたクヌギの木のくぼみの中で眠っていました。私はブン太を起こして、持ってきた樹液をなめさせてやりました。そして、私はブン太を背負って家に帰りました。帰り道、背中のブン太が小さな声で言いました。『お父さん、ごめんなさい』と。

――その日の夜、私は眠れませんでした。

頭の中で、ブン太の『ごめんなさい』という言葉が何度もこだまして、胸が張り裂けそうになりました。なぜなら、謝らなければならないのは私の方だったからです。

私はマッサージ師になったとき、他の虫たちに冗談交じりでこう言いました。

『私は、カナ分《ブン》ですから』

見栄を張ったり背伸びをしたりしない、自分の『分《ぶ》』をわきまえているという意味で、そう言ったのです。

しかし、ブン太に新鮮な樹液を飲ませてやれないのは、私がカナブンだからではありません。私に親としての力が足りなかった、ただそれだけなのです。

その日の夜、私はもう一度、自分の『分』というものを考え直すことにしました。自分を受け入れるということは、新鮮な樹液をあきらめることではない。自分にできる範囲のことを少しずつ積み重ねていけば、自分には想像もできなかったことを成し遂げることができるはずだ、そう考えるようにしたのです」

カナブンの話にじっと耳を傾けていた巣配田警部は、静かに言いました。

「そして、あなたはカブトムシの殺害方法を思いついたのですね。カナブンの光沢を利用して、カブトムシの羽に漆を塗らせる。角が無いことを利用してメスカブトに変装し、カブトムシを木から落とす。あなたが使った方法は、どれもカナブンでなければできないことです」

巣配田警部の言葉に、カナブンはゆっくりとうなずきました。

巣配田警部は言いました。

「しかし……あなたは——あなたのしたことは——あなたとブン太くんを、離れ離れにしてしまうんですよ」

「私は……」

カナブンは言いました。

「私は、間違ったことをしたのかもしれません。でも、私はブン太に……新鮮な樹液をなめさせてやりたかった……」

巣配田警部が何も言えずにうつむいていると、カタツムリ警部がどかどかと割って入ってきて言いました。

「さあ、悲劇の告白はそこまでだ。どんな理由があったにせよ、犯罪は犯罪！　カナブンを逮捕しろ！」

カタツムリ警部の指示で、コオロギ巡査が手錠を取り出しました。

カナブンも観念した様子で手を差し出しました。

しかしそのとき、クモの糸がひゅっと飛んできて手錠を奪ったのです。

「な、何をするんですか巣配田警部！」

コオロギ巡査に向かって、巣配田警部は静かに言いました。

「――その手錠は、彼には固すぎます」

そして巣配田警部はおしりから糸を出し、カナブンの両手の周りに手錠のように巻きつけました。

カナブンは黙ったまま、巣配田警部に頭を下げました。

「さあ、行くぞ！」

コオロギ巡査がクモの糸の手錠を引きながら、カナブンを連れていきました。近くに停まっていたオオムカデのパトカーが、サイレンを鳴らし始めました。

しかし、カナブンは、パトカーの前まで来ると足を止めました。

「何をしてるんだ、早く乗らないか」

コオロギ巡査が急《せ》かしましたが、カナブンは動こうとしません。

「おい！　早くしろ！」

コオロギ巡査から背中を押されましたが、カナブンは押し返すように振り向きました。

「ブン太！　聞こえるか⁉」

「父ちゃん！」

ブン太は駆け寄ろうとしましたが、他の警察官に抑えつけられました。

カナブンは大声で叫びました。

「ブン太！　胸を張って生きろ！　お前は、父ちゃんの息子だ！　カブトムシより強い、カナブンの息子だ！」

そして、カナブンはコオロギ巡査に「ご迷惑おかけしました」と頭を下げ、パトカーに乗り込みました。

ブン太は巣配田警部のところにやってきて、巣配田警部の体を叩きました。

「どうしてお父さんを捕まえるんだよ！　お父さんを返せ！　僕のお父さんを返せ！」

巣配田警部は何も答えることができず、ただ黙ったまま、小さなブン太を見ていました。

「おい！　なんだあれは！」

突然聞こえたカタツムリ警部の声に、巣配田警部は顔を上げました。

すると、道の向こうから大きな丸太の木がごろごろと転がってきて、オオムカデのパトカーの行く手をさえぎったのです。

丸太を転がしていたのは、たくさんのフンコロガシたちでした。カタツムリ警部は、パトカーを降りて言いました。

「お前たち、何をしてるんだ！　すぐに丸太をどけろ！」

しかしフンコロガシたちは丸太をどけず、そのままパトカーの周りを取り囲みました。

「これは何のつもりだ!?」

カタツムリ警部は、フンコロガシをにらみつけて言いました。

「お前たち、カナブンを逃がすつもりじゃないだろうな!?」

すると、先頭にいたフンコロガシが言いました。

「違うだ」

フンコロガシの目は、まっすぐカナブンに向いていました。

「オラたちは、そのカナブンに一言言いてえことがあって来ただ」

そう言うと、フンコロガシたちは、パトカーからカナブンを外へ引っ張り出し始めました。

「おい、こら！　勝手なことをするな！」

カタツムリ警部とコオロギ巡査は止めようとしましたが、フンコロガシの後ろ足で蹴飛ばされてしま

いました。

そして、パトカーから出されたカナブンの周りを、大勢のフンコロガシが取り囲みました。

「な、なんですか、みなさん……」

カナブンは戸惑いながらたずねました。

すると、先頭にいたフンコロガシは突然、

「このバカがぁ！」

カナブンの頬を殴りました。

そして、フンコロガシは言いました。

「大事な足ちぎるバカがどこにおるかぁ！」

すると、もう一匹のフンコロガシが、カナブンの前に進み出て言いました。

「お前がカブトムシに勝とうが負けようが、そんだらこったどうでもええだ！　でもお前が連れてかれたら、誰が明日から俺たちの体、揉みほぐすだあ！」

他のフンコロガシも一斉に叫びました。

「そうだ、そうだ！　俺たちがなぁ、お前のマッサージどれだけ楽しみにしとったかお前分かっとるのかぁ？　分かっとってこんなことしただか？」

カナブンは頭を下げました。

「すみません……」

「すみませんじゃねえだ！」

先頭のフンコロガシが言いました。

「なーにが、子どもに新鮮な樹液飲ませてぇだ。新鮮な樹液飲みたきゃ、子どもが勝手に飲みに行ったらええだ」

そして、フンコロガシはカナブンを見つめました。

「でもな、カナブンの旦那。俺たちの体ほぐすのは、あんたにしかできねえんだよ」

他のフンコロガシたちも口ぐちに言いました。

「んだんだ。カナブンの旦那にしかできねえ」

「カナブンの旦那は、凝りがほぐれるツボ全部分かってっからな」

先頭のフンコロガシは、カナブンの肩に手を置いて言いました。

「オラたちうれしかっただよ。他の虫たちは、俺たちのことくっせえくっせえって近寄らねえ。でも、カナブンの旦那だけはオラたちのこと『一番疲れてる虫だ』つって、いっつも体揉んでくれた」

「んだんだ」

「オラたちはカナブンの旦那が、カナブンの旦那のままでいてくれりゃあ、それでよかっただ」

カナブンは、顔を上げることができませんでした。カナブンの足元を、瞳からこぼれた滴が濡らしていきました。

フンコロガシたちは、口々に言いました。

「早く帰ってきてくれよな」

「カナブンの旦那がおらんと、オラたちの体ほぐすやつがおらんからな」

「このままだとオラたちの体、乾いたフンよりカチンコチンに固まってまうで！」

「んだんだ！　カナブンの旦那の腕が、最後の1本になるまで揉みほぐしてもらわんと！」

「みなさん……」

カナブンが顔を上げたとき、フンコロガシ以外にも色々な虫たちが集まっていました。

クワガタが言いました。

「カナブンさん、早く帰ってきてくださいよ。角が欠けた私は体のバランスが悪いんですから。定期的にマッサージしていただかないと困りますからね」

スズメバチが言いました。

「折れた針のマッサージ、よろしくお願いします」

カブトムシのメスも言いました。

「あの温かいおしぼりのマッサージ、もう一度お願いしたいわ」

その隣のトノサマバッタも顔を出しました。

「姫がそう言ってるんだ。早く帰ってきてくれよ」

カナブンは深く頭を下げて言いました。

「みなさん、本当に、すみません……」

そのとき、少し離れた場所で様子を見ていた巣配田警部は、ブン太に言いました。

「君のお父さんの仕事は――たくさんの虫たちに必要とされていたようだね」

ブン太は黙ったまま、うなずきました。


「いいかげんにしろ！　これ以上邪魔するようなら、お前たちも逮捕するぞ！」

カタツムリ警部とコオロギ巡査、他の警察官たちが虫たちの輪の中に割って入り、カナブンを連れ出しました。しかし、カナブンを連れていこうとするカタツムリ警部のそばに、アゲハ蝶が飛んできて言いました。

「あのカブトムシは、クヌギの木を独占する悪いやつでしたわ。もちろんカナブンさんには情状酌量の余地があるんでしょうね？」

カタツムリ警部は言いました。

「それは私が決めることではない！」

するとフンコロガシが、カタツムリ警部の耳元でささやきました。

「頼むべ、刑事さん。できるだけ早くカナブンの旦那を返してもらわんと、あんたの家、フンまみれになっても知らんからな」

それは、この事件が起きてから、カタツムリ警部が一番ねっとりとした汗をかいた瞬間でした。

＊

その日の夕暮れ時。

真っ赤な夕陽を浴びたクヌギの木には、今まで見られなかったほどたくさんの昆虫たちが集まり、仲良く樹液を吸っていました。その中にはブン太の姿もありました。

そして、その様子を、遠くの木の枝にぶら下がりながら静かに見守っている1匹のクモの姿がありました。

しばらくすると、クモの近くにテントウムシが飛んできて言いました。

「虫の知らせです。５００メートル先の草むらで、鈴虫の変死体が見つかりました。すぐ現場に向かってほしいと、本庁からの要請です」

巣配田警部は、一瞬目を細めて言いました。

「『恐縮です』とお伝えください」

そう聞こえたとき、すでに巣配田警部の姿はそこにはありませんでした。
そして、ただ一本の白い糸が、現場に向かってまっすぐに伸びていたのでした。

愛沢

私の人生を大きく変えることになったその日は日曜日で、晴れわたった空の中を、雲が気持ちよさそうにふわふわふわと漂っていた。店も定休日だし、競馬で大きなレースがあったので、久しぶりに馬券でも買おうかと店を出て歩き始めた。

ゆったりとした足取りで商店街を抜け横断歩道の前に立つと、道路の向こうに行列が見えた。

(珍しいな……)

このあたりは人通りも少なく、こんなに人が集まっている光景は見たことがなかった。

行列は、交差点にある4階建てビルの1階に向かって伸びていた。そして、そこにある店の看板を見た瞬間、私の背筋に強い寒気が走った。看板に書かれているのはたったの4文字だったが、それは、気持ちのいい日曜日を吹き飛ばすのに十分だった。

蕎麦 愛沢
そば 愛沢

そこには、こう書かれてあったのだ。

蕎麦《そば》　愛沢

（な、なんだと――）

焦りで鼓動が速くなるのが分かった。赤信号の待ち時間がとてつもなく長く感じられる。

確かめねばならないことは、山ほどあった。まずは蕎麦の値段。そしてもちろん、味。席数も重要だ。つまり私が知りたかったのは、商店街で経営している私の店『蕎麦屋　旭屋《あさひや》』にとって、この店がどれほどの脅威《きょうい》になり得るのかということだった。

最後尾に加わり、列が進むのをひたすら待った。嫌な汗が額に溜まり始めた。早く店の様子を確かめたいという思いと、できれば見たくないという思いが、複雑に交差していた。

30分以上待たされそうな雰囲気だったが、意外に早く列は進んだ。緊張しながら店内に入ると、すぐ左手に券売機が見えた。

（立ち食いか……）

少し、不安が和らいだ。ウチの蕎麦屋は父親の代から続いており、座ってゆっくり蕎麦を楽しむ昔ながらの店だ。夜は、お酒を出す蕎麦居酒屋の形態になる。立ち食いとは客層が異なるはずだ。

私は380円のざる蕎麦の券を買い、カウンターに置いた。すると、威勢の良い声が耳に飛び込んできた。

「ざる一丁ぅ、ありがとうございますっ！」

30代前半と見受けられる、若い男だった。胸の白いプレートに、「愛沢《あいざわ》」とある。愛沢は、一人で蕎麦をゆで、盛りつけ、ひっきりなしに動いて仕事をしていた。その一挙手一投足が、彼が仕事熱心であることを表していた。

ただ、何よりも印象的だったのは、愛沢の笑顔だ。なんというか、一点の曇りもない笑顔で、それが薄気味悪さすら感じさせた。

しかし、それ以上は観察する間もないくらい、素早いスピードで蕎麦が出された。速さ自慢の立ち食い蕎麦の店は飽きるほど見てきたが、これは相当な速さだった。

蕎麦の乗ったお盆を持ち、テーブルに向かう。それぞれのテーブルにはパーテーションのような仕切りがついていた。ラーメン屋ではこういう店は見たことがあるが、蕎麦屋では初めてだ。空いているテーブルの上に、蕎麦のお盆を置く。

箸で蕎麦を摘《つま》み上げ、じっくりと眺めた。色は透明感のある白。更科《さらしな》だ。匂いをかいでみる。石《いし》臼《うす》を使って蕎麦粉をひいているのだろう、素晴らしい風味が出ていた。

(ただの立ち食い蕎麦屋というわけではなさそうだぞ)

るそば
380
う天
400
天
400
えび天
ざる

緊張感を高めながら、蕎麦はつゆにつけず、そのまま口に入れた。蕎麦の味をしっかりと見定めるためだ。しかし、一口食べた瞬間、つかんでいる箸を落としそうになった。

（あ、あり得ない――）

私は確認の意味も込めて、すぐさま次の蕎麦を口に運んだ。しかし、やはり間違いではなかった。口に広がる濃厚な香り。喉の奥が震えるようなコシ。この蕎麦は、品評会に出してもグランプリを獲れるレベルのものだ。しかも、この店は、そんな蕎麦を破格の値段で出しているのだ。特別な取引先でもあるのだろうか？　それとも、何か私の知らない方法でこの蕎麦は作られているのか？

――カウンターの向こうにいる若い店長・愛沢は、相変わらず笑顔のまま、猛烈な勢いで蕎麦を作り続けている。この店には他に従業員はいないようだ。一人で蕎麦をゆで、盛りつけ、皿を洗っている。改めて見てみると、まったく無駄のない完璧な動きだった。

こいつは一体、何者なんだ――？

蕎麦を食べ終えた私は、お盆を返却口に置きながら、それとなく声をかけてみることにした。

「すごく流行ってますねぇ」

すると、愛沢は顔を上げて答えた。

「いやあ、おかげさまでっ！　ありがとうございますっ！」

「でも、この値段でこのレベルの蕎麦を出すっていうのは、すごいよね」

私が言うと「ありがとうございますっ！」と威勢の良い声が返ってきた。

「ウチの店はっ！　『お客様の笑顔が私の笑顔』をモットーにやらせてもらってますんでっ！　最高の材料を使って、最高の蕎麦を届けさせてもらっていますっ！」

そして、お盆を返しに来た客にすかさず
「ありがとうございますっ！」

と頭を下げた。

混雑している店内では、カウンターの前に立って話し続けるのも難しかった。私は、次から次へと流れてくるお客の波に押し出されるようにして店を出た。


(『お客様の笑顔が私の笑顔』か――)

私は、心の底に何かもやもやとしたものを抱えながら、自宅までの道を歩いた。

愛沢は、正直、好きになれないタイプだった。真顔で「お客様」とか言えてしまう人間には、どうしても胡散臭《うさんくさ》さを感じてしまう。

しかし、頭ではそんなことを考えながらも、私の舌は、『蕎麦　愛沢』の味を思い出していた。

あの蕎麦をあの値段で出すのなら、たくさんのお客が並ぶのもうなずける。私自身も、あまりのうまさにいつのまにか平らげてしまっていたのだから。

「おかえりなさい」

妻の芳江《よしえ》の言葉に、「ああ」と気のない返事をしてリビングの座椅子に座り、夕刊を広げた。しかし文字を目で追ってはみるものの、内容は全然頭に入ってこない。今後のウチの店のことを考えると、頭の中が靄《もや》で覆われていくかのように、どんどん不安が広がっていく。

（大丈夫だ。向こうは立ち食いなんだから、ウチとは客層が違う）

そう何度も自分に言い聞かせながら、夕刊を見つめ続けた。

あくる日の月曜日。

いつも通り仕込みを済ませ、10時半きっかりに店を開けた。たまにこの時間を過ぎてしまうこともあるが、今朝は早くに目が覚めてしまった。愛沢のことがあったから、深く眠れなかったのかもしれない。

多少、客が減るのは覚悟していた。立ち食いとはいえ、向こうはできたばかりの店だ。物珍しさにのぞいてみたくなる客もいるだろう。しかも繁華街とは違って、このあたりはテナントの立ち替わりがほとんどない。新規の店は尚更《なおさら》、お客を惹きつけるはずだ。

そんなことを考えながら、お客の到着を待った。そして、時計は12時を指したが、待てども待てどもお客は来ない。

12時半を回った。いつもなら、店の半分以上の席は埋まっている時間だ。しかし、いまだ一組の客も来ていなかった。

芳江に店を任せ、嫌な予感に引きずられるようにして外に出た。

そして、足早に商店街の出口に向かった私は、そこで見た光景に愕然とすることになった。

――行列が大きくなっていた。日曜日の比にならないくらいに。

並んでいる人たちを見ると、皆、手に何かを持っている。横断歩道を渡って行列に近づくと、『蕎麦　愛沢』のビルに沿うように並べられた小さなテーブルの上に、小冊子が置かれていた。

冊子を一つ手に取って見てみると、すごく凝った作りになっているのが分かる。

トッピング無料券がついているのだが、それ以外にも、蕎麦が出来上がる過程が詳しく、かつ、飽きさせない語り口で書かれてあった。さらにおまけとして、蕎麦粉で作った飴《あめ》がついていて（蕎麦の飴なんて聞いたことないぞ……）と思いながら口にほうり込んでみたところ、これが厄介なくらいおいしかった。並んでいるお客も「意外といける！」などと笑いながら話している。

私は、焦りと悔しさに身を震わせながら、来た道を戻るしかなかった。

昼だけでなく、居酒屋としての夜の営業も、全然振るわなかった。『愛沢』の噂を聞いた人たちが、向こうに流れているのかもしれない。

店を早めに閉めた私は、2階に上がり、リビングの座布団の上に腰を下ろした。テレビのリモコンを取り、プロ野球ニュースにチャンネルを合わせる。もう20年以上も繰り返している習慣だ。

いつもはここでビールを開けるのだが、そんな気分にもなれず、うつろな目をテレビに向けていた。しかし、アナウンサーの威勢の良い声が次第に耳障《ざわ》りになってきた私は、テレビを消し、リモコンを床に投げ捨てた。

（くそっ！　あんな店ができやがったせいで！）

イライラを抑えるために、やはり、ビールを飲むことにした。冷蔵庫の扉の脇に、必ず瓶《びん》ビールが2本冷やしてある。無くなると芳江が補充しておいてくれるのだ。

瓶の栓を抜き、グラスに注いだ。そして、喉の奥へと一気に流し込んだ。立て続けに2杯目を飲もうとしたが、そのときふと冷静になり、手に持ったビール瓶をテーブルの上に戻した。

父親の店を受け継いでから、今日まで特に大きな危機もなく続けてくることができた。

その理由は、先代からの馴染みのお客さんが大勢いたからだ。彼らはいつも同じ時間に来て、同じメニューを頼んでくれた。だから私も、いつも同じことを繰り返していればよかったのだ。

(もしかしたら)

私は、空になったグラスを見つめながら思った。

(これは、店にとって、大事な試練なのかもしれない)

確かに、状況は苦しい。しかし、このことをきっかけに店のあり方を見直せば、今まで以上にお客さんから愛される店になるかもしれない。これは、いわゆるポジティブシンキングというやつなのだろうが、今の私に必要な考え方だと感じた。

(当分は、プロ野球もおあずけだな……)

私は、大きく息を吸い込んで決意を固め、立ち上がった。

あくる日、いつもより1時間早く起きた私は、店の掃除に取り掛かった。まずはトイレ掃除からだ。亡くなった父親が口酸《す》っぱく言っていたのは、「トイレは店の顔」だということ。お客さんが清潔かどうかを一番気にするのがトイレであり、その場所を綺麗にしていない店はお客さんの立場に立つことができていないということだった。父親の教えは自分なりに守ってきたつもりだが、改めて店のトイレを確認すると、見えないところに埃《ほこり》や汚れが溜まっていた。そして、そういう細かい部分を綺麗に掃除していくと、少しずつではあるけれど心の不安が晴れ、また、昔のようにお客さんを取り戻せるような気がしてきた。

昨日と同様、店にはほとんどお客さんは来なかったが、気持ちは、昨日のように沈んではいなかった。

店を早めに閉めた私は、新しいメニュー作りに取り組んだ。ウチの店ではこれまで出していなかった、カレーを使ったメニューを考えることにした。カレー南蛮やカレーせいろを売り物にしている店はあるし、うまく育てれば新しいお客さんを呼び込むことができるかもしれない。

試作品を作って試食を繰り返し、明日の仕込みを終えて部屋に戻るころには深夜1時を過ぎていた。

それから私はパソコンを開き、インターネットで本を買った。やれることは全部やりたかった。飲食店の経営者が書いたお客さんを増やす方法や、売上を上げるノウハウが書かれた本を購入した。こういった自己啓発本の類は学生時代に少し読んだことがあるくらいで、仕事を始めてからはまったく読んでいなかった。むしろそういう本を読む人間をどこかでバカにしていたくらいだ。しかし、人間というのは、追い込まれると何かにすがりたくなるものなのだろう。本を買うことが、同時に希望を手に入れることのように感じられた。

こうして私は2週間もの間、寝る間を惜しんで努力を続けた。

本当に苦しい作業だった。自分がこの店を継いでから、これほどまでに真剣に蕎麦と向き合ったことはないと言い切れるほど、全力を尽くした。

（もっと早く始めていれば……）

そんな後悔を感じることもあったが、目の前にある、自分にできることに全精力を注いだ。

その結果、店はどうなったか。

客足は——元に戻るどころか、多少は来ていた夜のお客さんですら、ウチの店に来なくなったのだ。

（ど、どうして……）

私は、客のいないがらんとした店内で、頭を抱え続けていた。

金曜日の夜。いつもは一番にぎわうはずの時間にお客がまったく来ないので、私は芳江に店を任せ、商店街の出口に向かって歩き出した。

そして交差点までやってきたとき、その場に呆然と立ち尽くすことになった。

（そ、そんな——）

そばいざかや あいざわ 3F
蕎麦居酒屋 愛沢 2F
蕎麦 愛沢

横断歩道沿いに位置する愛沢のビルには、2階、3階にも客があふれており、そこの看板にはこう書かれてあった。

蕎麦居酒屋　愛沢

愛沢は、1階だけでなく、2階、3階へとテナントを伸ばしていたのだ。

私は膝から力が抜け、その場にへたり込んだ。

（もう、だめだ……）

――確かに、私はすべての手段を試したわけではない。まだやれることもあるだろう。しかし、それでも、私がこれ以上どれだけ努力をしたとしても、愛沢に太刀打ちできるとは思えなかった。私と愛沢では、何かが決定的に違うのだ。

もう何も考えられなくなった私は、気づいたときには、愛沢の看板に向かって歩き出していた。

店は相変わらず繁盛しており、階段にも順番待ちの人があふれている。

私はうつろな目を、1階の立ち食い蕎麦屋の奥へと向けた。そこでは愛沢が、前に見たときと寸分違わぬ動きで蕎麦を作っていた。1階の客に蕎麦を作りながら、配膳用のリフトを使って2階、3階へと蕎麦を運んでいる。

私は拳を握りしめると、まっすぐ愛沢へ向かって進んでいった。食券を買わずに中に入る私を見て怪訝《けげん》な表情を浮かべる客もいたが、構わず歩いた。そして愛沢の前に立った。

「すみません、お客さんっ！　食券の方をお願いしますっ！」

愛沢の、威勢の良い声が耳に飛び込んできた。

私は何も言わず、愛沢を見つめた。

私自身も、自分で何がしたいのかよく分からなかった。

しかし、気づいたときには、私は愛沢に向かってこう言っていた。

「私は……大通りを挟んだ向こうの商店街で蕎麦屋を営んでいる者です。それで……」

そこで私は一瞬言い淀《よど》んだが、思い切って言葉を全部吐き出した。

「こちらの蕎麦が、あまりにおいしかったものですから……どのお店で仕入れをして、どうやって作っているのか、教えていただくことはできないでしょうか……」

自分でも、めちゃくちゃなことを言っているのが分かった。愛沢は私の商売敵だ。そんな相手から、蕎麦に関わるすべてを教わるなどということは許されるはずがなかった。しかし、私には、もう、この方法しか残されていなかった。

「かまいませんよっ！」

「え……」

私は愛沢の言葉に耳を疑った。しかし、愛沢は、いつもと変わらぬ調子で蕎麦を作りながら言った。

「おいしい蕎麦屋が一軒でも増えたら、その分お客様も喜ばれますしっ！」

「ほ、本当に……本当にいいのですか」

「もちろんですっ！」

そして、愛沢は満面の笑みで言った。

「お客様の笑顔が私の笑顔なんでっ！」


こうして愛沢は、蕎麦の仕入先から蕎麦の作り方に至るまで、蕎麦に関わるすべてのことを、包み隠さず私に教えてくれた。私は、愛沢の隣で直接指導を受けながら、目頭が熱くなるのを感じた。

(愛沢は、なんて器の大きい男なのだ)

そして、私は思った。

(きっと、こういう人物が大成していくのだろう)

——最近読んだ自己啓発書に繰り返し書かれてあった言葉、それは、

「他人を喜ばせることを自分の喜びにしなさい」

だった。

最初にその文章を目にしたときは、（そんなの綺麗ごとじゃないか）と思った。誰だって、人を喜ばせるなんて面倒なことは避けたいと思っているはずだ。

しかし、愛沢こそが、この言葉の実践者だった。一人でも多くのお客を喜ばせるために働き、そして、困っている私を助けるために、企業秘密のすべてを明らかにしてくれているのだ。

愛沢という人間は、他人を愛することを最大の喜びとして生きているに違いなかった。

愛沢の隣で、彼の口にする言葉を必死にメモしながら思った。私もいつか、愛沢のような男になりたいと。

店に戻ると、一組だけお客がいて蕎麦をすすっていた。厨房へ向かう暖簾《のれん》をくぐると、妻の芳江がこちらに顔を向け「おかえりなさい」と出迎えてくれた。

ウチの店にお客がほとんど寄りつかなくなってからも、芳江は動揺した様子を見せず、「もしお客さんが来なくなったら違う仕事をしたっていいんですから」と励ましてくれた。

私たちの間に子どもはできなかったが、その必要を感じさせないくらい、私たち夫婦はお互いに居心地の良い関係を築くことができた。一緒の家に住み、職場も同じ私たちはほとんどの時間を共に過ごしてきたが、大きなケンカは一度もしたことがなかった。

（たった一人の家族である彼女を、路頭に迷わせるわけにはいかない）

その気持ちがあったからこそ、今日、私は蕎麦職人としてすべてのプライドを捨て、愛沢に頭を下げることができたのかもしれない。

厨房の壁かけ時計に目を向けた。

仕入れ業者の営業時間は過ぎているい時間だが、いてもたってもいられなくなった私は、愛沢から教えてもらった番号へと電話をかけた。

幸運にも、電話を取ってもらうことができた。私は、愛沢から紹介を受けたこと、そして今後、蕎麦の原料を仕入れたいという旨を伝えた。

しかし数分後――。

「いや、そんなはずは……」

私は、焦りと不安で受話器を持つ手を震わせていた。しかし何度たずねても、電話口の担当者は次の言葉を繰り返すだけだった。

「愛沢さんとも、この値段でやらせてもらってますから」

そして、私は力の抜けた手で受話器を置いた。

(どういうことなんだ――)

私は、その場で頭を抱えてうずくまるしかなかった。

＊

愛
沢
愛
沢

『蕎麦　愛沢』が終わる時間を見計らって、私は店内に入った。店の掃除をしていた愛沢は顔を上げて言った。

「すみませんっ、今日はもう閉店なのですがっ……特別に作らせていただきますっ！」

そう言って厨房に入ろうとする愛沢を止めて、私は言った。

「いや、私は蕎麦を食べにきたんじゃない」

そして、私は愛沢に向かって言った。

「私は今日、あなたからこの店の蕎麦について教わった者です」

「ああ、はいはい！」

うなずく愛沢に向かって、私はメモ用紙を突き出して言った。

「あなたから教えてもらった業者に、電話をしてみました」

「そこの製品はどれも最高のものですよっ！」

「それは確かにそうかもしれないが……」

私は券売機を指差して言った。

「もしあなたがあの業者から仕入れをしているのなら、どうしてこの店は、こ、こ、こ、こんな値段で蕎麦を出せるんですか？」

そして私は続けた。

「ザッと計算してみたのですが、この店の蕎麦の値段は、原価の占める割合が90％を超えている。こんな値段でお客に出してしまったら、利益はほとんど出ないはずだ」

するとと愛沢は、

「はいっ！」

と威勢の良い返事をして言った。

「利益はほとんど出てません！　というか、できるだけ利益が出ないようにしてますっ！」

「どうして⁉」

思わず大声で叫んでしまった。しかし、愛沢は平然と答えた。

「店の利益を下げれば値段を下げることができますんでっ！　値段が下がればお客様が笑顔になりますんでっ！　お客様の笑顔が私の笑顔なんでっ！」

「でもそんなやり方をして、あなたはどうやって生活していくんだ？」

「私がどうやって生活していくかなんて、お客様は気にしていないんでっ！」

そして愛沢は言った。

「蕎麦の値段をできるだけ下げるために、私の給料はゼロに設定していますっ！」

（な、何なんだこいつは……）

私が呆然としていると、愛沢は再び店内の掃除を始めた。まったく疲れを見せない動きでテキパキと掃除を進めていく。

そんな愛沢を見ていると、私は愛沢にたずねずにはいられなかった。

「そ、それであんたの人生は楽しいのか？」

すると、愛沢は間髪入れずに答えた。

「もちろんですっ！」

そして、愛沢は言った。

「お客様の笑顔が、私の笑顔なんでっ！」

愛沢は、満面の笑みのまま掃除を続けた。

＊

深夜、布団に入ってからも、愛沢のことが頭から離れなかった。

あの店が――『愛沢』が存在する限り、近い将来、ウチの店は閉めなければならないだろう。

まだ先の長い人生を、私たち家族は一体どうやって生きていけばいいのか。蕎麦屋を辞めて違う商売に鞍替《くら》えするしかないのだろうか。しかし、蕎麦屋の経験しかない私が、しかも人の少なくなったこの商店街で、どんな仕事を始めればうまくいくというのだろう。

愛沢がいる限り……。

愛沢がいる限り……。


（いや、そんなことより——）

私は布団の中で震えながら思った。

（愛沢が蕎麦以外の、他の業種に手を伸ばしたらどうなる？）

もし愛沢が、私と同じ仕事を始めたら、その時点で私の仕事は奪われるのだ。

つまり、愛沢がいる限り、私はこの商店街で生きていくことができない。


愛沢への憎しみは、日を追うごとに膨らんでいった。客の来ない閑散とした店に立つ私の頭の中では（愛沢がいる限り……愛沢がいる限り……）という言葉が反響し続け、その声はどんどん大きくなっていった。

そして、『蕎麦　愛沢』がこの街にできてから2か月ほどたったある日の夜。

私は、隣で寝息を立てている芳江を起こさないようにそっと布団から出ると、1階へ下りた。そして、下駄箱の奥に立てかけてある木製のバットを持って家を出た。

深夜、何度も確かめた。愛沢は営業時間が終わったあと、店の奥の厨房で眠っている。そして早朝、起きると同時に仕事を始めるのだ。

『蕎麦　愛沢』の前にやってきた私は、周囲に人がいないのを確認すると、ガラス戸をバットで叩き割り、解錠して店内へと入った。

足音を忍ばせながら、慎重に奥へと進んでいく。

店の奥に、椅子に座って眠っている愛沢の姿が見えた。

私はゆっくりと、愛沢のいる場所に近づいた。そして愛沢の目の前までやってくると、手に持っていたバットを振りかぶり、愛沢の脳天に向かって思い切り振り下ろした。

その瞬間、愛沢の頭が
キィーン
という奇妙な音を出し、首が、あり得ない角度に折れ曲がった。

と同時に、窓から差し込んでいた月明かりが、愛沢の首元を照らし出した。

すると、そこには

ＡＩ沢　３号

という文字が刻まれていた。

（なんだ、そういうことだったのか……）

そのとき、私は、愛沢に関するすべてを理解した。
愛沢の「愛」は、ＡＩ(人工知能)。
つまり、愛沢はロボットだったのだ。

神様に一番近い動物

「いよいよ明日じゃな。心の準備は整っておるか？」

長老牛のモーラが、しわがれた声で子牛のマギーにたずねました。

マギーの前足は少し震えていましたが、顔を上げ「はい」とはっきり答えました。

そのけなげな姿を見て、思わず涙をこらえられなくなった牛が言いました。

「どうして、この子だけがこんなに早く……」

すると、モーラは諭《さと》すように言いました。

「嘆《なげ》くでない。この子が呼ばれたのもまた、神の定めし運命なのじゃ。この子は神の元へ行くのじゃよ」

そして長老は「さあ、マギーよ」と優しく言いました。

「お祈りを唱《とな》えなさい」

マギーは空に顔を向けました。そして、いつものお祈りを始めました。

「私たち牛は、神様の一番近くにいる動物です。

神様から頂いた食事は、感謝しながらできるだけ長く噛《か》んで食べます。

神様がお創りになられた大地は、踏み荒らさないようにゆっくりと歩きます。

私たちは、神様から分けていただいたこの命を、か弱き命のために差し出します。

私たちは、神様の一番近くにいる動物です」

マギーの凛々《りり》しい姿を見ていたモーラは、こらえきれなくなって鳴きました。すると、他の牛たちも同じようにして鳴き始めたのでした。

＊

その日の夜のことです。

牧場の小屋の片隅で、前足を折りたたんで横になっていたマギーの近くでささやく者がいました。

「おい、ぼうず」

眠れずにいたマギーは、目を開けて声のする方を見ました。すると、そこにいたのはネズミでした。マギーは「あわわ……」とあわてて目を閉じて寝たふりをしました。

マギーはモーラから、「ネズミはずる賢く、人間から食べ物を盗む『神様から一番遠い動物』なのだ」と教えられていたからです。その様子を見たネズミは、意地悪い笑みを浮かべながらマギーの耳元に近づきました。

「おい、ぼうず。お前に良いことを教えてやるよ」

マギーは顔を背《そむ》けて、耳の穴を前足で押さえつけました。

しかしネズミは、ほんの少しの隙間からマギーに声を届かせました。

「お前は知りたくないのか？　どうしてこんなに幼いお前が、人間に呼ばれたのかを」

たまらなくなったマギーは言い返しました。

「ぼ、僕は、神様の所に行くんだ。他の牛たちと同じように、自分の命を差し出して、他の命を生かすんだよ」

するとネズミは意地悪い声で言いました。

「違うね」

そして、ネズミは言いました。

「お前は、『革ジャン』になるんだ」

「か、革ジャン⁉」

ネズミの言葉に、マギーは思わず大きな声をあげてしまいました。その声で、隣の部屋にいた大人の牛が目を覚ましました。

「どうしたマギー？　眠れないのか？」

マギーは「大丈夫です」と答えました。大人の牛は、優しい瞳でマギーを見ると
「マギーに幸あらんことを」

と言って前足で十字を切りました。マギーも前足を合わせて、小さなおじぎを返しました。

それから大人の牛が再び眠りについたのを見計《はか》らって、マギーはネズミに小声でたずねました。

「ネズミさん、革ジャンって何ですか？」

すると、マギーの体の下に隠れていたネズミは、そろそろと這《は》い出てきて言いました。

「牛のやつは本当に世間知らずだなぁ」

そして、ネズミはマギーに説明し始めました。

「革ジャンっていうのはな、動物の皮で作ったジャンパーのことだよ」

マギーは目を丸くして言いました。

「ジャンパーとは何ですか？」

「ジャンパーっていうのはだな」

ネズミは頭をかきながら言いました。

「人間が体を覆《おお》うために着るものだよ」

すると、マギーはほっとした顔で言いました。

「ああ……それなら安心しました。か弱い人間は、私たちと違って毛がありませんからね。寒さを防ぐために私たちの皮を使うのは仕方がないではありませんか」

すると、ネズミはフンと鼻で笑って言いました。

「お前は何《なん》にも分かっちゃいないな。人間はずる賢いから、植物を使ったり、何度も毛が取れる動物を使ったりして服を作ることはできるんだよ。それなのに、一度きりしか取れないお前の皮をわざわざ取ろうってんだ」

「でも……」

マギーはおびえながら言いました。

「それでも、人間が私の皮でジャンパーを作るのには、何か意味があるのではないですか？」

するとネズミは言いました。

「キてるんだってさ」

「はい？」

「今年の冬は、牛皮が『キてる』んだと。人間が言ってたぜ」

「キてるっていうのは、それは、その、どういった……状態なのですか？」

「まあ俺も詳しくは分からんが、今年はたくさんの人間が牛皮を着てみたい気分なんだろ。人間ってやつは、キてるものを着る生き物だからな」

そしてネズミは言いました。

「まあ、要するに『なんとなく』ってことだ」

「な、なんとなく!?」

「そうさ。たぶん、今年の人間は、なんとなくそういう気分だから特注品を作るとか言って、わざわざ子牛の皮を注文してきた……おい、聞いてるのか？」

マギーはもう何も考えることができず、呆然としていました。そして、小さく口を動かしながら、ひとりごとのようにつぶやき続けました。

「なんとなく……僕は……死ぬ……。なんとなく……」

＊

あくる日の朝。

牧場主が牛小屋にやってくると、囲いの柵の木が折れていました。

中をのぞくと、牛たちが騒いでいます。何事かと調べてみると、今日連れ出す予定だった子牛のマギーが見当たらないのでした。

そのころ、マギーは外を走っていました。こんなに急いで走ったことは、生まれてから一度もありませんでした。マギーは、地面を蹴飛ばすときに植物を踏み荒らすのが気になりましたが、それでもなお走り続けました。

「お前、本気なのか？」

マギーの背中の上でネズミは言いました。

「わ、私は、本気です！」

「でも、お前、ここから街までどれくらいの距離があるか分かってるのか？」

「分かりません！　私は……もう、何もかも分からないのです！」

ネズミはふうとため息をつきながら思いました。

（……まあいいか。街には相当うまい食べ物があるって話だからな）

そしてネズミはゴロリと横になりました。

「あ、あの」

「何だ？」

「そういえば、まだあなたのお名前をおうかがいしてませんでしたが」

ネズミは、マギーの背中の上で寝そべったまま言いました。

「俺はドロって言うんだ。俺が人間の食べ物を盗《と》ると、あいつら『ドロボー！』って言うんだよ。だからドロって名前なんだ。ヘヘッ」

マギーはその話を聞きながら、

（やっぱりネズミは神様から一番遠い動物だ……）

と思ったのでした。


それからマギーは、毎日毎日歩き続けました。

水を飲み、道の草を食べながら、街へ向かって進んでいきました。

途中、鉄でできた機械がものすごいスピードで走ってくるのをよけたり、人間に見つからないように草むらに身を隠したりしました。

また、ドロのために木の実を探し集めたり、ドロが畑の作物に手をつけるのに目をつぶっていたりしなければなりませんでした。

しかし、つらいことばかりではありませんでした。

マギーはドロから、

「これ吸ってみろよ」

と差し出された草を、恐る恐る吸ってみました。

「こ、これは……」

それは甘い草の汁でした。マギーは怖くなりました。なぜなら、マギーは生まれてから「甘い」という味を経験したことがなかったからです。

「これは、良くないものだと思います」

マギーはその草を口から吐き出しました。ドロは、「ヘヘッ」と笑いながら草を舐めていました。しかし、その日の夜、マギーは甘い草のことが忘れられず、こっそり起きて草を舐めたのでした。その様子をドロに見つかって、からかわれたりしました。

また、あるとき、ドロがどこからか赤色のハンカチを持ってきてマギーの目の前に差し出しました。それを見たマギーは、なぜか気持ちがむらむらとして走り出したくなりました。

マギーはドロに、

「そ、そのハンカチはもう見せないでください！」

と言いました。しかしドロはそのハンカチをマギーの首に巻きつけておいて、たまにマギーの目の前にちらつかせては、興奮するマギーを見てゲラゲラと笑うのでした。

こうして二匹は街に向かって旅を続けていったのです。

そして、マギーが牧場を飛び出してからちょうど一週間が経った日の夜更けに、街の明かりが見える場所までやってきたのでした。

「これが……街……」

マギーは、街の光に吸い寄せられるように歩いていきました。そこらじゅうに建物が立ち並び、夜だというのに目を開けていられないほどの光がマギーの瞳に飛び込んできました。

マギーは驚いて言いました。

「ここは……本当に私たちの住む世界なのですか？　神様がお創りになった世界なのですか？」

するとドロは、ハハハッ！　と声をあげて笑いました。

「何言ってんだ？　ここは街だぞ？　街を作ったのは、神様じゃない。人間さ」

見れば見るほど、奇怪に映る街の様子にマギーはおびえていきました。しかし、それでも震える足を動かしながら街の中に踏み込もうとしました。

「おいおい！」

ドロがあわてて言いました。

「お前、このまま街に行く気じゃないだろうな」

「そのつもりですが」

マギーが答えると、ドロはあきれて言いました。

「そんなことしたらえらい騒ぎになるぞ。ほとんどの人間は、街で牛が歩いているところなんて見たことがねえんだから」

マギーは首をかしげて言いました。

「でも、人間は生きるためにたくさんの牛を食べると聞きます。その人間が牛を見たことがないなんておかしな話じゃないですか」

するとドロは言いました。

「でもお前だって、人間のことを全然知らなかっただろ?」

ドロの言葉にうまく言い返せないマギーは、

「だ、だから、私は今から人間を見にいくのです!」

そう言って、街に向かってどんどん歩いていきました。ドロはマギーの背中に寝転がって、フンと鼻を鳴らしました。

(まあいいか。俺には関係ない話さ)

＊

「あれ、牛じゃないか」

街を歩いていた若い男が言うと、隣の男は笑いながら言いました。

「お前、こんな場所に牛がいるわけね……牛だ！」

「だから言っただろ!?」

「すげー！　牛だ！　本物の牛が普通に歩いてるよ！」

（み、みなさんが……すごく私を見ている――）

マギーが街の中へ進んでいくと、人間たちは珍しがってマギーの周りに集まってきました。中には機械でできた四角の箱をマギーに向けてくる人間もいます。その箱は、突然強い光を放ったのでマギーは怖くなりました。

「ド、ドロさん、これは何ですか？　今、私は何をされてるんですか？」

マギーは泣きそうな声で聞きましたが、ドロの言葉は返ってきませんでした。

「ド、ドロさん!?」

マギーは何度もドロを呼びましたが、やはり返事はありませんでした。背中をゆすってみましたが、ドロの感触はありませんでした。

ドロはずっと前に、マギーの背中から飛び降りて食べ物を探しにいってしまっていたのです。

ドロがいなくなったことでマギーはいよいよ不安になって、その場から走り出しました。

「あ、走った！」

「牛って意外に速いんだな！」

人間たちの興奮する声が聞こえました。その声はますますマギーをおびえさせ、マギーの走る速度を速めていきました。

見知らぬ街でどこに向かうべきか分からなかったマギーは、とにかく緑の匂いのする方へと走っていきました。

木の生い茂る大きな公園を見つけたマギーは、息を切らしながらその中に入っていきました。そして奥へ奥へと進んで人気の無いところまで来ると、木の根元に体を横たえました。

そして、マギーは涙を流しました。

本当は大声を出して泣きたかったのですが、また人間たちが集まってくるかもしれないので、声を殺して泣き続けました。

マギーが悲しかったのは、見知らぬ土地に一人でいる心細さもありましたが、何よりも、マギーを好奇の目で見て騒いでいた若者たちの一人が、牛皮で作られた服を着ていたことでした。

マギーは街に来るまで、ドロの言葉を信じていませんでした。

マギーは、人間は自分たちの力だけでは生きていくことのできない、か弱い生き物だと教えられてきたからです。

だから、もし人間たちが自分の命を必要とするなら、命を差し出そうと考えていました。

しかし、マギーの見た人間は、ドロが言っていたとおりの恐ろしい獰猛《どうもう》な生き物に見えました。

また、人間は牛を、自分にとって大切な存在として見るのではなくむしろ、面白い、好奇な存在として見ていたことも悲しく思いました。

牛たちは、自分たちの命を支えてくれる草木や水に、そんな気持ちで接することはありませんでした。

だからマギーは、今まで牛たちがあの人間たちの命を支えてきたことが悲しくなったのです。そして、あんな人たちの革ジャンにはなりたくないと思ったのでした。

(僕は、これからどうしたらいいのだろう……)

マギーは、見知らぬ街の公園の中で、孤独のまま悩んでいました。そして、考えるのに疲れたマギーは、このまま眠ってしまおうと思いました。

しかし、しばらく横になっていると、

「た、助けてくれ〜!」

聞き覚えのある声が遠くに聞こえました。

マギーは立ち上がって、声のする方に走っていきました。

するとそこには年老いたメス猫がいて、口にネズミのドロをくわえていました。ドロは両手を動かしながら暴れていましたが、猫の口はしっかりとドロの体を捕らえていました。

「あ、あのう……すみません！」

マギーは猫に話しかけました。

すると猫は、マギーを見て驚きのあまり「フギャア！」と叫び声をあげ、ドロを口から離しました。ドロはあわててマギーに駆け寄り、背中に登りました。そして猫に向かって
「ここまで来てみやがれ、このバカ猫め！　ヘヘッ！」

と舌を出しました。

猫は、全身の毛を逆立てマギーを威嚇して言いました。

「あ、あんた何者だい⁉」

マギーは礼儀正しく猫にお辞儀をすると言いました。

「私は牛です。牛のマギーと申します」

すると猫は「牛⁉　あんた牛なのかい⁉」と目をまん丸にして驚きました。猫も本物の牛を見るのは初めてだったのです。

猫は言いました。

「どうして牛なんかがこんなところにいるんだい？」

「それは……」

マギーは、これまでのいきさつを話しました。自分が革ジャンにされるために命を奪われかけていたこと、そして、人間を見るために一週間かけて街までやってきたことを。

すると、最初は警戒していた猫も次第にマギーに心を許すようになり、話を最後まで聞くと「そうかい、そうかい……」と深くうなずいて言いました。

「本当に人間のやつらはひどいことをするもんだね」

そして、猫は語り出しました。

「昔は、私たち猫も、人間に捕まって三味線《しゃみせん》にされちまうなんてことがあったんだよ」

「そ、そうなんですか……」

マギーが悲しそうな顔をすると、猫は言いました。

「まあ最近じゃそういうのは無くなったけどね」

するとドロが
「三味線はキてないんだな！」

と笑いながら言いました。猫はネズミをにらみましたが、ふうと息を吐いて言いました。

「まあ今時、三味線なんて作ってても人間は食えないだろうからね」

猫の言葉を聞いたマギーは、驚いて言いました。

「食えない？　食えないとはどういうことですか？」

ドロがマギーの背中から顔を出し、猫に向かって言いました。

「こいつは、世の中のことを何も知らないウブなやつなんだ。教えてやれよ」

猫はドロの言い方が癪《しゃく》にさわりましたが、マギーが本当に知りたそうにしているので教えてあげることにしました。

「なんて言ったらいいんだろうねえ。人間っていうのはね、私たち動物みたいに、食べ物を捕まえて生きているんじゃないんだよ。まあそういう人間もいるけど、ほとんどの人間には『仕事』というものがあって、その仕事をやることで、『お金』っていうものをもらって、そのお金と食べ物を交換してるんだ」

マギーは一度聞いただけでは理解することができず、何度も猫に質問しました。猫は、近くに落ちていた石をお金に見立ててマギーに説明しました。

こうして、人間の仕事について少しずつ理解したマギーは言いました。

「つまり、革ジャンを売る仕事をしている人は、私の革ジャンを作らないと食べていけないということなのですね」

するると猫は言いました。

「まあ、そうかもしれないけど、あんたがそんなことを気にする必要はないんだよ。あんたの命はあんたのものなんだから」

しかし、マギーは何も答えませんでした。ただ複雑な表情をしたままうつむいていました。


「あ、あそこにいるぞ」

遠くの方で人間の声がしたので、マギーたちはそちらに顔を向けました。

そこには作業着を着た数人の人間がいて、こちらに向かって来ていました。

「あの方たちは？」

マギーがたずねると、猫が目を細めて言いました。

「あんたのことを捕まえに来たんじゃないかい？　人間っていうのは、他の動物が街をふらふら歩いてるのを許さないからね。特に、あんたみたいに目立つ動物はね」

「そうですか……」

マギーは寂しそうな顔をしました。ドロは言いました。

「お前、逃げないのか？」

するとマギーは答えました。

「はい。私には、もう行くべき場所が……見当たりません」

そしてマギーは言いました。

「ドロさんも、私のことは気になさらず、お好きな場所へお行きください」

マギーの言葉にドロは、

「で、でもなぁ……」

ちらりと猫の方を見ました。そのことに気づいたマギーは猫に言いました。

「猫さん、あの、お願いがあるのですが」

「何だい？」

「このドロさんを、見逃してもらうことはできないでしょうか？」

猫は不思議そうな顔をして言いました。

「そういえば、どうしてあんたはさっきからこのネズミの肩ばっかり持つんだい？」

「それは……」

マギーは言いました。

「ドロさんは、私の恩人なのです。この街までの道を教えてくれましたし、何より、この世界について、私に教えてくれました」

その言葉を聞いて、ドロは驚きました。

ドロはマギーに意地悪するつもりで革ジャンになることを教えたのに、マギーはドロのことを恨《うら》むどころか、恩人だと言ったからです。

猫はマギーを見つめてから、ふうと息を吐きました。それから、ドロに向かって言いました。

「おい、ネズミ。あんたはこのまままっすぐ北へ進んで道路に出な。そこに排水溝があるから下水に入れるはずだ。間違っても私の行く方に来るんじゃないよ。こっちは野良猫たちがわんさかいるんだから」

「あ、ありがとうございます」

マギーが頭を下げると、猫は首を横に振り、つらそうな顔で言いました。

「あんたが次に生まれ変わるときは——もっと自由な動物になれることを祈ってるよ」

そして、猫は走り出しました。マギーは言いました。

「さ、ドロさんも。早く」

ドロは、「あ、ああ……」と言ってマギーの背中から飛び降りると、猫が向かったのとは逆の方角に駆け出しました。

ドロがしばらく走ると、後方から人間たちの声が聞こえてきました。

「やけにおとなしい牛だな」

「本当だ」

ドロは立ち止まり、振り返って後ろ足で立つと、人間たちに連れられていくマギーの姿が見えました。ドロはその場から、マギーの姿をじっと見つめていました。

＊

それから数日後。

マギーは、牧場主の運転するトラックの上で揺られていました。

街の保健所の人たちは、マギーの耳につけられた札を見てどこの牧場からやってきた牛なのかが分かったのでした。

連絡を受けた牧場主も、「どうしてこんなところまで……」と驚いていました。しかし、マギーがどうして街に行ったのかを知るすべもありませんでしたから、そのまま牧場に引き取ることになったのでした。

牧場に向かうトラックの上で揺られるマギーの耳元で、ささやく者がいました。

「おい、マギー」

その姿を見たマギーは、驚きの声を出しました。

「ド、ドロさん。どうしてここに？」

するとドロは、決まり悪そうに言いました。

「いや、ほら。あれだよ。街は色々と危なっかしいからな。どれだけうまいもんがあったとしても、命には代《か》えられねえよ」

「確かにそうかもしれませんね……」

マギーは悲しそうに笑いました。

ドロは（まずいこと言ったかな……）と表情を曇らせました。

それからしばらくの間、トラックの荷台には車の揺れる音だけが響いていました。

ふと、ドロが口を開きました。

「……お前さ、本当は俺のこと恨んでるんだろ？」

「え？」

突然の質問に、マギーは驚いた顔をしました。

「だ、だってよ。俺がお前に革ジャンになるってことを言わなけりゃさ、お前は、その、もっと楽に……」

すると、マギーはうつむいたまま答えました。

「正直、そう思ったこともあります。あの日、私が何も知らずに人間に呼ばれていれば、こうして悩んだり、苦しんだりする必要は無かったわけですから」

それからマギーは、顔を上げて言いました。

「でも、私は――このことを知って良かったと思っています。もし神様がこの世界をお創りにならなれたのだとしたら、人間も、人間が作ったあの街も、すべて神様が創られたのだということです。だとしたら、今、私が感じているこの苦しみにも、きっと何か意味があるはずです」

「そういう話はよく分かんねえけどさ」

ドロは吐き捨てるように言いました。

「もし神様ってやつがいるんだったら、どうしてお前を助けてくれねえんだ？　どうしてお前がみすみす人間に連れてかれるのを放っておくんだよ」

マギーは何も答えることができませんでした。

ドロはチェッと舌打ちをすると、トラックの荷台の床を蹴飛ばしました。

それからドロはマギーの背中の上に登り、仰向けに寝転がりました。

トラックの上の二匹の動物は、そのまま静かに揺られ続けました。

＊

マギーが牧場に着いたころには、日は暮れていました。

牧場主は、マギーを牛小屋に入れ扉を固く閉めたのを確認すると、家の方に向かって歩き出しました。

「マギーが戻ってきたぞ！」

牛小屋にいた牛が叫びました。すると、

「ええ⁉」「本当かい⁉」

他の牛たちが口々に叫びながら、マギーのそばへ集まってきました。そしてマギーの姿を見ると、

「どこへ行っていたんだ⁉」「心配したよ、マギー！」

マギーが無事に戻ってきたことを喜んだのでした。

マギーは申し訳なさそうに

「心配をおかけしてしまって、すみません……」

と頭を下げました。

しかしそのとき、小屋の一番奥から重い声が響いてきました。

「どうして、逃げたのじゃ？」

そこにいたのは、長老牛のモーラでした。モーラはゆっくり近づいてくると、厳しい口調で言いました。

「私は何度もお前に言い聞かせたはずじゃ。牛は、死を怖れてはならんと。死とは、私たちが神と一つになること。決して怖れる必要は無いのじゃ」

モーラの言葉を聞いて、牛たちは押し黙りました。

しかし、マギーは顔を上げ、モーラに向かって言いました。

「死が神様と一つになることなのであれば、どうして神様は、私のような幼い者をすぐに呼び戻したりするのでしょうか。すぐに呼び戻すのであれば、どうして私を生み出したのでしょうか」

すると、モーラはマギーを見つめて言いました。

「私たちは、神がお考えになるすべてのことを理解できるわけではない。私たちに分かっているのは、これはすべて神の定めし運命だということだけじゃ」

そしてモーラは言いました。

「運命は、受け入れるしかないのじゃ」

すると、そのときでした。

牛小屋じゅうにカン高い声が響き渡りました。

「あーあ、さっきからつまんねーことばっかり言ってやがるなぁ！」

牛たちは、一斉に声の方に顔を向けました。

すると、天井の柱の上に一匹のネズミが立っていました。

「ネズミだ」「ネズミだぞ」「神様から一番遠い動物だ……」

牛たちは、汚いものを見るような目をドロに向けました。

しかし、ドロは気にする様子もなく
「へへッ！　なんとでも言いやがれ」

と言って柱をするすると駆けおりると、牛たちの近くにやってきました。

そして牛たちの周囲を歩きながら、口を尖《とが》らせて言いました。

「さっきから聞いてりゃなんだ、お前たちは！　神様だ、運命だってよ！　お前たち、その目はちゃんと見えてんのか？　マギーを見ろ！　こんなに幼い子牛だぜ？　まだ何にも知らねえ、ただの子どもだ。そんな子どもに向かって、『死を怖れるな』だ？　なんで牛はそろいもそろってこんなにバカなのかねぇ！」

そしてドロは、マギーを指差して言いました。

「お前たちがこいつにしてやれることは一つだけだ。こいつを、この牛小屋からもう一度逃がすことだよ！」

モーラは大きく首を横に振って言いました。

「ネズミよ。お前は、何も分かってはいない」

そしてモーラは、ドロの前に進み出て言いました。

「逃げることができるのなら、とっくの昔に私たちはそうしている。お前は過去に、どれだけの牛が自由を求めて、人間の元を離れようとしたのかを知らないのじゃ。しかし結局、牛は、人間たちから逃げることはできなかった。だから、私たちは受け入れたのじゃ」

そして、モーラは言いました。

「生きとし生けるものはすべて死ぬ。それが運命じゃ。そして、運命から逃げようとすればするほど、生きるのが苦しくなるものなのじゃ」

「じじいは黙ってな！」

ドロは大声で叫びました。

「運命なんか俺には関係ねえ！　俺は好き勝手やらせてもらうぜ！」

そしてドロは、他の牛たちの前に立って言いました。

「やいやい！　牛ども！　お前たちはどうなんだ？　この子を朝までこの小屋に閉じ込めておいて、人間に連れていかれるのを黙って見てるのか？　それともここから逃がしてやるのか？　どっちなんだ？」

ドロの言葉を聞いた牛たちは、互いの顔を見つめ合いました。ドロの言っていることは、正しいようにも聞こえました。

「ネズミの言葉に耳を貸してはいかん！　そのネズミは悪魔の使いじゃ！」

モーラの声が響きました。

それからしばらくの間、牛たちは議論していましたが、あるとき、一頭の牛が決意を固めた表情で前に進み出て言いました。

「マギーを逃がそう」

牛は続けました。

「マギーはまだ子どもだ。こんな小さな子どもが死ぬのは間違っている。私たち大人は、子どもを生かすべきじゃないのか」

すると他の牛たちも「そうだ、そうだ！」と言い始めました。

そしてモーラの言葉を聞かずに、小屋の扉の前に行きました。

「行くぞ」

一頭の牛が合図をすると、みんなが一斉に扉に体当たりを始めました。

ドン！　ドン！　ドン！

牛が扉に頭をぶつけるたびに、大きな音が小屋じゅうに鳴り響きました。

しかし、扉は開きませんでした。

牛たちの角は人を傷つけないように短かく切られており、また、マギーが一度逃げ出したことで、小屋の扉は今までよりも頑丈に閉じられていたのです。

するとドロがやってきて扉をよじ登り、扉の上に立ちました。そのとき、ドロの口には布がくわえられていました。それは、赤いハンカチでした。ドロは、赤いハンカチを牛たちの前で広げました。

すると牛は、目をぐるぐると回しながら「モオォォォ！」と叫び、ハンカチに向かって突進していきました。そしてドロは、牛がハンカチに当たる寸前のところでヒラリと持ち上げました。すると、勢いを殺さずに突っ込んだ牛が、扉を開くことに成功したのです。

ドロは興奮して言いました。

「さあマギー！　お前はもう自由だぞ！　ここからどこへでも行けるんだ！」

しかし、小屋の中のマギーは動き出そうとはせず、その場に立ち尽くしているだけでした。

ドロは不思議そうな顔をして言いました。

「おい、何やってんだマギー！　さあ、早く逃げるんだよ。今度は街に行くんじゃねーぞ！　人間に見つかったら連れ戻されちまうからな！」

すると、マギーは言いました。

「私は、行けません」

ドロは、マギーの言葉を理解することはできませんでした。ドロはマギーに聞き返しました。

「お前、今、何て言ったんだ？」

マギーは言いました。

「私は、ここに残ります」

ドロは唖然とし、しばらく口だけをもごもごと動かしていましたが、両手を振りながらマギーに言いました。

「お前、自分が何を言ってるのか分かってんのか？　このままここにいたらお前は死ぬんだぞ？　もう何も食べられなくなるし、遊んだり、甘い草を舐めたりとか、そういうことも何もできなくなるんだぞ？　それでもいいのか？」

マギーは、すぐに答えることはできませんでした。

しばらくしてから、マギーは静かに言いました。

「死ぬのは……怖いです」

その言葉を聞いたドロは、「だったら……」と言いかけて言葉を止めました。

マギーの澄《す》んだ瞳から、涙がこぼれ落ちていたからです。マギーは涙を流しながら言いました。

「でも、私がここから逃げたら、他の小さな牛が殺されることになるのではないですか」

そして、マギーはゆっくりと語り始めました。

「私は、ずっと考えてきました。どうして自分が革ジャンになると知って、命を差し出したくないと思ったのか。そして、人間と牛の違いは一体何なのか、そのことをずっと考え続けてきました」

牛小屋の牛たちは、マギーの言葉に耳を傾けていました。

「牛は、植物に命を分けてもらって生きていくことができます。だから植物に感謝し、何度もよく噛んでいただきます。そして、分けていただいた命を、今度は、必要とする者たちのために差し出すのは自然なことだと思います」

そして、マギーは続けました。

「しかし、人間たちは、そのことを知らないのです。そのときの気分で命を奪うことができてしまうから、必要以上の命を奪ってしまうことになるのです。それは、牛にとっても、そして何より、人間たちにとっても不幸なことだと思います。なぜなら、彼らは牛がしているように、植物を愛することができていません。太陽の光を、水を、土を、空気を、愛することができていません。彼らは、命のつながりを意識することができていないのです」

「で、でもよ」

こらえきれなくなったドロが口を挟みました。

「そんなこと言っても、そのことを人間に気づかせることなんてできないだろ？　だってあいつらは俺たちの言葉なんて分かりゃしないんだからさ。牛の気持ちだって分かりっこないんだよ」

するとと、マギーは悲しそうな顔で言いました。

「そうなんです。そのことを私はずっと考え続けてきたのですが、人間に伝える方法が無いのです……」

マギーの言葉を聞いて、みんなは黙ってしまいました。

牛たちは、これまで幾度《いくど》となく人間たちに訴えかけてきました。しかし、どれだけ切実に伝えようとしても、牛の言葉は人間たちに一度も伝わったことが無いのです。

すると、モーラが言いました。

「せめてこの中に、人間の『文字』が分かる者がいれば……」

「文字？」

初めて聞く言葉にマギーは首をかしげました。モーラは言いました。

「人間は、思っていることや考えていることを伝えるために『文字』を使うのじゃ。それは、記号というか、しるしのようなものじゃ。その『文字』を使えば、私たちの思いを人間に伝えることができるかもしれぬ」

そして、モーラは悲しげな表情で言いました。

「しかし、この牧場で最も長く生きておるワシでさえ、『文字』を見たことはほとんど無いのじゃ」

するとドロが、ポンと手を叩いて言いました。

「文字って……ああ、あれのことか」

ドロの言葉に牛たちは振り向きました。ドロは言いました。

「あれだろ？　よく瓶《びん》とか袋とかに書いてあるやつのことだろ？　あれだったら、俺、分かるぜ」

目を丸くする牛たちに向かって、ドロは続けました。

「ネズミは人間のものをよく盗んで食べるからな。何が食べれて何を食べちゃいけないか最初に覚えるんだよ」

そしてドロはヘヘッ！　と笑って言いました。

「ま、あれが読めるのは俺たちネズミくらいなもんだろうぜ。飼い犬や飼い猫は、待ってりゃ食い物がもらえるんだからな」

ドロの言葉を聞いたモーラは、あまりの衝撃に、思わず天を仰《あお》いでつぶやきました。

「神よ……」

それからドロは、牧場主の住む部屋から1本のペンと1枚の紙を盗んできました。

そして、両手で抱きかかえるようにペンを持つとマギーの前に立って言いました。

「さあなんて書く？　『殺すんじゃねえよバカヤロウ』とでも書くか？」

すると、マギーは優しく微笑んでこう言いました。

「それでは……」

そしてその日、ドロはマギーに言われたとおりの言葉を紙に書き続けました。


あくる日の朝。

牧場主が牛小屋にやってくると、入り口の大きな扉が壊されていました。

（また牛のやつが逃げたのか⁉）

牧場主はあわてて中の様子を見ましたが、そこにはいつもと同じ数の牛がいました。

そして、マギーもまた、いつもの場所にいました。

牧場主はほっと胸をなでおろし、マギーの所に向かいました。

今日はマギーを連れていかなければならない日です。

しかし、牧場主は、マギーのいる場所までやってくると

「ん？」

と目を留めました。

見ると、マギーが一枚の紙をくわえていたのです。

牧場主がその紙を手に取って開いてみると、そこには、つたない字で文章が書かれていました。

わたしが もし
かわじかんに
なるのなら
ずっと ずっと

きてもらえる
かわじかんに
なりたいです

わたしが
かわじゃんになったら
~~あ~~あなたがかぜを
ひかないように

あなたが
けがをしないように
あなたがむしに
さされないように

がんばって
あなたのことを
まもります
だから

かわじゃんになった
わたしをずっとずっと
あなたのそばに
おいてください

水野敬也（みずのけいや）

愛知県生まれ。慶應義塾大学経済学部卒。処女作『ウケる技術』がベストセラーに。４作目の著書『夢をかなえるゾウ』は２３０万部を突破し現在も版を重ねている。他の著書に『人生はニャンとかなる！』『たった一通の手紙が、人生を変える』『偉人たちの最高の名言に田辺画伯が絵を描いた。』『雨の日も、晴れ男』『四つ話のクローバー』『大金星』ほか、作画・鉄拳の作品に『それでも僕は夢を見る』『あなたの物語』『もしも悩みがなかったら』がある。また恋愛体育教師・水野愛也として、著書『ＬＯＶＥ理論』『スパルタ婚活塾』、講演ＤＶＤ『スパルタ恋愛塾』や、ＤＶＤ作品『温厚な上司の怒らせ方』の企画・脚本、映画『イン・ザ・ヒーロー』の脚本を手掛けるなど活動は多岐にわたる。

公式ブログ「ウケる日記」

http://ameblo.jp/mizunokeiya/

Twitter アカウント　@mizunokeiya

神様に一番近い動物

二〇一六年三月一五日　第一刷発行

アートディレクション：寄藤文平
装　丁：寄藤文平（文平銀座）＋北谷彩夏
イラスト：文平銀座
協　力：伊藤源二郎　植谷聖也　大橋弘祐　大場君人　小寺練
下松幸樹　菅原実優　須藤裕亮　竹岡義樹　芳賀愛
林田玲奈　樋口裕二　古川愛　前川智子　宮本沙織
編　集：谷綾子
発行者：山本周嗣
発行所：株式会社文響社
〒一〇五－〇〇〇一　東京都港区虎ノ門一－一一－一
ホームページ　http://bunkyosha.com
お問い合わせ　info@bunkyosha.com
印　刷：中央精版印刷株式会社（本文）・日本ハイコム株式会社（カバー、帯）
製　本：中央精版印刷株式会社

©2016 by Keiya Mizuno　ISBN コード：978-4-905073-33-8　　Printed in Japan
この本に関するご意見・ご感想をお寄せいただく場合は、郵送またはメール（info@bunkyosha.com）にてお送りください。